Et ceci pour p

- Françoise S [illegible] tuel avec beaucoup [illegible] le monde actuel, c'es
- Notre aute [illegible] ui a mené une existen [illegible] d'être une fille sage et [illegible] é se manifestent, bie [illegible] isies, nouvelles qui [illegible] œuvre très étendue.
- Les quatre [illegible] nent courts. En outre, l [illegible] e. Les mots qui y sont [illegible] on a besoin lorsqu'on [illegible] s, eux, font partie du [illegible] l on lit – ou qu'on éco [illegible]

  La cassett [illegible] e des récits présentés [illegible] et efficace, pour la le [illegible]
- Dans les [illegible] e la part de l'auteur, [illegible] ictimes, des laissés-pour-compte, de ceux qui ne sont pas suffisamment fermes pour s'imposer et qui, parfois, souffrent en silence. (Angela, dans «Le Chat et le Casino» est de ceux-là, M. Ximenestre dans «Une nuit de chien», Justine dans «Un an, déjà» et même, dans une certaine mesure, Faye Fontleroy dans «L'Échange».)

  Mais, par ailleurs, l'humour et l'ironie sont toujours présents, dans ces quatre récits, raison pour laquelle nous avons choisi d'intituler notre recueil «Certains sourires». En outre, ce titre fait allusion à l'un des premiers romans de Françoise Sagan: «Un certain sourire».

L'ordre dans lequel nous présentons les quatre nouvelles n'est pas fortuit: nous sommes allés du plus facile au plus difficile. Cela dit, on pourra les lire dans l'ordre que l'on désirera, puisqu'il n'y a pas, sur l'ensemble du recueil, de progression lexicale. Autrement dit, les termes qui, expliqués dans le premier récit, reviennent dans le second, voire le troisième et le quatrième, sont redéfinis à chaque fois.

Notre objectif pédagogique sera pleinement atteint si nos lectrices et nos lecteurs sont amenés, après avoir découvert Françoise Sagan par le présent recueil, à lire l'un de ses romans, par exemple: «Bonjour tristesse», «Un certain sourire», ou encore »Dans un mois, dans un an».

Notice biographique

Françoise Quoirez («Sagan» est un pseudonyme) est née à Carjac (Lot) en 1935, dans une famille aisée: son père était industriel. Dans son ouvrage de mémoires «Avec mon meilleur souvenir» (1984), elle parle d'un frère et d'une sœur. Après les années de guerre, qu'elle passe dans le Dauphiné, elle vit à Paris, où ses parents habitent un grand et bel appartement.

Elle n'est guère passionnée par ses études. Élève paresseuse, elle est renvoyée de plusieurs lycées. Cependant, en 1953, elle est reçue au baccalauréat. Mais, à l'université, elle se fait recaler à Propédeutique, examen qu'on passait alors à l'issue de la première année: «J'ai écrit ‹Bonjour tristesse› tout en travaillant – ou plutôt en ne travaillant pas – à la Sorbonne (...) J'ai échoué à Propédeutique. J'avais écrit mon petit roman sur un petit cahier.», dit-elle dans une interview accordée en 1985 au magazine littéraire «Lire».

En 1954, à l'âge de 19 ans, elle publie «Bonjour tristesse». Et c'est, immédiatement, le succès: un succès fulgurant qui voit les critiques vanter unanimement la maîtrise de son style. Mais c'est en même temps un scandale dû à la liberté de son ton. L'écrivain François Mauriac appelle alors l'héroïne du roman, Cécile, «un gentil petit monstre». Ce premier livre, dont, entre-temps, plus de deux millions d'exemplaires ont été vendus, fait de Françoise Sagan un auteur célèbre.

Les nombreux romans qui succèdent à «Bonjour tristesse», obtiennent également la faveur du public: «Un certain sourire» (1956), «Dans un mois, dans un an» (1957), «Aimez-vous Brahms?» (1959), «Les Merveilleux Nuages» (1961), «La Chamade» (1965), «Le Garde du Cœur» (1968). Toutefois, les pièces de théâtre ne font pas l'unanimité. A côté de grands succès («Château en Suède», 1960; «Les Violons parfois», 1961) Françoise Sagan connaît également l'échec, notamment avec «Il fait beau jour et nuit» (1979). Ses recueils de nouvelles, parmi lesquels figurent «Des yeux de soie» (1976) et «Musiques de scènes» (1981), ouvrages dont nous avons tiré les quatre textes que nous présentons, trouvent, eux, un accueil favorable auprès du public et de la critique.

Françoise Sagan a été mariée deux fois: deux mariages, deux échecs douloureux. Actuellement, elle vit à Paris, avec son fils; mais elle possède également une maison à Saint-Tropez et une à Honfleur (Normandie). Elle est un écrivain extrêmement travailleur: 15 romans, 7 pièces de théâtre, 5 recueils de nouvelles. Le début de son roman «La Femme fardée» (1981), elle l'a réécrit dix-huit fois avant d'en être satisfaite.

Mais, en même temps, elle avait, jusqu'à une période récente, un goût violent de la vie. Ses trois grandes passions, c'étaient la vitesse, l'alcool et le jeu. Longtemps, son nom évoqua le whisky, les boîtes de nuit, les voitures rapides et les étés à Saint-Tropez. Elle aimait le jeu à un point tel que, pour s'en déshabituer, elle s'était fait interdire l'accès des casinos. Son goût de la vitesse faillit lui coûter la vie. Après un accident, en 1957, on la retire de sa voiture, le cœur éteint. Mais son désir de vivre est le plus fort: son cœur se remet à battre. Quant à l'alcool, elle a fini par y renoncer, ces dernières années, après avoir eu de sérieux ennuis de santé.

Cela dit, derrière le mythe de la «folle-de-vie», malgré les succès qui se sont accumulés, «il n'y a qu'une femme simple», comme elle l'écrit dans «Avec mon meilleur souvenir», une femme honnête et sincère, pas toujours très sûre d'elle-même, qui donne parfois l'impression d'être timide. Elle est ambitieuse, mais aussi consciente de ses limites: «Je vaux mieux que ce que l'on dit, mais moins que je ne le voudrais.» Patrice Bollon, dans «L'Express», la caractérise de la façon suivante: «Et si sa vision du monde demeure profondément pessimiste, cette écorchée vive, d'une lucidité presque misanthrope, conserve l'élégance de lui opposer un art de vivre ‹positif›, une façon stoïque d'accepter malgré tout l'existence. Avec ... un certain sourire. Car la scandaleuse, la futile qui faisait frémir les bien-pensants de son époque croit aussi aux valeurs de l'amour, de l'amitié, de la tendresse, du respect des autres, et s'avoue incapable de se résigner au désespoir.»

Françoise Sagan a beaucoup lu, Proust notamment. C'est d'ailleurs dans un de ses ouvrages qu'elle a trouvé son pseudonyme. Pendant sa jeunesse, elle «bondissait», dit-elle, «sur tout ce qui était imprimé.» («Avec mon meilleur souvenir».) Elle écrit également dans ce même ouvrage: «Dans l'ordre des souvenirs, l'amour de la littérature a une grande supériorité sur l'amour tout court, l'amour humain.»

Admiratrice de Proust, son goût de l'analyse fait d'elle une héritière du roman psychologique. Dans ses livres, elle présente, comme thèmes majeurs, la solitude («L'on naît, l'on meurt et l'on vit solitaire.»), les naufrages et les échecs. On y entend une voix originale, pleine de mélancolie, souvent teintée d'un désespoir tranquille. Leurs titres sont, d'ailleurs, caractéristiques de ces deux sentiments: «Un peu de soleil dans l'eau froide» (1969), «Des bleus à l'âme» (1972), «Un orage immobile» (1983), «De guerre lasse» (1985), pour ne citer que ces quatre exemples.

Les médias ont fait de Françoise Sagan un auteur qui écrit des romans typiquement féminins présentant l'impossibilité de la passion, de l'amour, dans la société de consommation. On lui a reproché, en outre, de décrire toujours le même univers de richesse, de luxe, d'oisiveté et de mettre constamment en scène les mêmes types de personnages. Or, si cela vaut, en partie, pour ses premiers romans, ce n'est plus le cas aujourd'hui. «Le Chien couchant» (1980), par exemple, se situe dans le milieu ouvrier (les corons du Nord de la France). De même, trois des nouvelles que nous présentons dans notre recueil se déroulent dans un univers qui n'est pas celui du Paris mondain. Et puis, à 54 ans, Françoise Sagan est loin d'avoir terminé son évolution littéraire. D'ailleurs, elle dit avoir encore des ambitions: «La notion de chef-d'œuvre, de grand livre, est un rêve de mes treize-quatorze ans, pourquoi ne pas essayer?» («Avec mon meilleur souvenir».)

Le Chat et le Casino

Angela di Stefano s'époumonait en vain à appeler son chat, le beau Filou, qui avait disparu depuis le matin dans les ruelles du vieux Nice. Il était trois heures de l'après-midi et, bien que l'on fût en septembre, il faisait encore affreusement chaud. Ce n'était pas dans les habitudes de Filou d'oublier sa sieste et sa pâtée, quel que fût le charme des chattes avoisinantes, et Angela, qui lui était fort attachée, devenait de plus en plus inquiète. Son mari, Giuseppe, était parti jouer aux boules comme tous les samedis après-midi, et ses voisines faisaient la sieste, allongées sur leurs lits de cuivre, derrière des oriflammes multicolores de chemises et de chaussettes suspendues à leurs fenêtres. Angela n'osait pas crier trop fort, de peur de troubler leur sieste, et elle chuchotait «Filou, Filou» dans tous les porches en maintenant son châle sur sa tête à cause du soleil.

A trente-deux ans, Angela di Stefano était une fort belle femme, très latine et très pulpeuse, mais à laquelle des ascendances corses avaient donné des traits fermes et austères parfois, qui auraient découragé les éventuels rivaux de Giuseppe. D'ailleurs, ce dernier le savait et il plaisantait parfois la vertu de sa femme d'une manière qui ne faisait pas rire Angela. Elle ne trouvait pas Filou et pourtant il fallait qu'elle se rendît à la banque avant quatre heures déposer les cinq cents francs habituels, puisqu'ils avaient décidé d'acheter leur maison à crédit, mois par mois. Giuseppe lui avait remis sa paye la veille, en bon époux, et elle voulait se débarrasser au plus vite de ce billet si chèrement acquis. Elle crut voir un éclair, tout à coup, derrière un mur, un éclair gris, et s'exclama: «Filou!» avant de pousser la porte du petit jardin qui bordait la maison de la belle Helena.

s'époumoner se fatiguer à force de parler ou de crier
en vain sans succès
affreusement terriblement
la pâtée de la nourriture préparée pour un animal domestique
avoisinant,e *ici:* du voisinage, des voisins
être attaché,e à qn être lié à qn par l'amour ou l'amitié
allongé,e couché, étendu
le cuivre un métal de couleur rouge-brun
une oriflamme un drapeau, une bannière
chuchoter parler à voix basse
un porche la partie couverte, devant l'entrée d'une maison
pulpeux,-euse fleischig
l'ascendance de qn *f* les parents, grands-parents, arrière-grands-parents, etc. de qn
austère sévère, grave, dur
plaisanter qc/qn se moquer gentiment de qc/qn
la vertu *ici:* la pureté morale, la fidélité
se débarrasser de qc se libérer de qc
acquis,e [aki,akiz] *ici:* gagné
un éclair *fig* un mouvement très rapide

La belle Helena était leur voisine depuis dix ans, et l'on avait beaucoup chuchoté à son sujet depuis son veuvage, mais sans nulle preuve. Angela, toujours sur la pointe des pieds, fit trois pas, aperçut Filou goguenard sur le rebord de la fenêtre, et elle l'appela à voix basse une fois ou deux avant de se décider à le rejoindre. Filou lui jeta un regard oblique de ses yeux verts et sauta dans la maison. Instinctivement Angela poussa un volet pour le rattraper et c'est ainsi qu'elle vit son beau Giuseppe endormi dans les bras d'Helena. Elle ressortit à reculons, le cœur battant, terrifiée à l'idée qu'il eût pu la voir.

Ce n'est que dans la rue, en marchant à grands pas, que sa surprise, son effroi se transformèrent en colère. Elle aurait dû le savoir, tout le quartier devait le savoir, même Filou le savait ... C'était là que Giuseppe allait jouer aux boules certains samedis. Depuis combien de temps? Elle allait rentrer chez sa mère, regagner son île, rejoindre des gens honnêtes. La trahison n'était pas une chose faite pour des femmes comme elle. Depuis dix ans, elle s'occupait de Giuseppe di Stefano, de sa maison, de ses affaires, de sa nourriture et de son lit. Depuis dix ans, elle n'avait fait que lui obéir et tenter de lui plaire; tout ça pour qu'il lui mentît, la nuit comme le jour, en pensant à une autre!

Elle se retrouva sur la Promenade des Anglais, endroit où elle n'allait jamais, marchant du même pas décidé, comme si, arrivée à la mer, elle n'eût qu'à continuer pour la traverser à pied sec et retrouver la maison de ses parents. Un coup de sifflet l'empêcha de se faire écraser et, se retournant brusquement, elle vit qu'elle était devant ce grand bâtiment blanc nommé Casino – où les étrangers venaient, paraît-il, perdre leur fortune et où même les hommes de son quartier ne s'aventuraient que prudemment. Elle vit une femme blonde y pénétrer, une femme sensiblement plus âgée qu'elle, vêtue d'un pantalon de toile. Elle la vit rire avec le portier et disparaître dans la pénombre. Cette pénombre avait quelque chose de

le veuvage *ici:* la situation d'une femme qui a perdu son mari
goguenard,e qui se moque ouvertement de qn d'autre
rejoindre qn aller près de qn
un regard oblique un regard peu franc
un volet Fensterladen
à reculons en allant en arrière
terrifié,e pris d'une peur violente
l'effroi *m* une grande peur
la trahison *ici:* le fait de tromper qn, de lui être infidèle
tenter de faire qc faire des efforts pour arriver à qc
la Promenade des Anglais à Nice: une longue et large avenue, au bord de la mer
un coup de sifflet *m* le bruit que fait un sifflet (Pfeife); *ici:* le coup de sifflet d'un agent de police
s'aventurer se risquer
sensiblement nettement, visiblement
la toile un tissu de lin ou de coton
la pénombre une lumière très faible

fascinant, de beige, de gris, par rapport à ce trottoir écrasé de soleil, et, machinalement, Angela monta les marches à son tour.

Elle était habillée sobrement, mais elle avait belle allure. Aussi est-ce sans plaisanter que le portier la guida vers la grande salle, et toujours sans plaisanter qu'après lui avoir demandé ses papiers, un homme vêtu de noir et d'un nœud de cravate lui demanda combien de jetons elle voulait. Angela agissait comme dans un rêve et seuls les quelques films vus à la télévision lui indiquaient la marche à suivre: de sa vie elle n'avait risqué un franc au jeu ni essayé autre chose que la crapette.

Elle demanda donc cinq cents francs d'une voix posée, tendit le beau billet de Giuseppe et on lui remit en échange cinq petites choses rondes et ridicules qu'elle était visiblement censée aller poser sur la table verte, un peu plus loin. Quelques joueurs pensifs et fatigués par la chaleur l'entouraient déjà et elle put les regarder faire et s'instruire, pendant dix bonnes minutes, sans que personne ne fît attention à elle. Elle avait la main tellement serrée autour de ses jetons qu'elle sentait la sueur couler de sa paume et que, gênée, elle fit passer ces jetons dans la main gauche, s'essuya la droite et, profitant d'un silence total et de l'arrêt de cette petite boule, si agitée, elle prit un de ses brillants objets et le posa fermement sur le numéro 8. Elle s'était mariée en effet le 8 août à Nice, et elle habitait le 8, rue des Petites-Écuries.

«Rien ne va plus» dit l'homme indolent, habillé en costume du soir; et il rejeta la bille qui se mit à tourner follement avant d'aller se loger avec grâce dans une encoche noire, trop loin d'Angela pour qu'elle en distinguât le numéro.

– Le numéro 8! cria l'homme d'une voix lasse. Le 8: en plein! ajouta-t-il, après un coup d'œil vers la table.

Et il aligna une dizaine d'autres jetons, les posa, après un regard circulaire, devant Angela. Il lui indi-

sobrement de façon simple, discrète
l'allure *f* l'apparence générale de qn/qc
aussi *ici:* c'est pourquoi
un jeton Spielmarke
la crapette un jeu de cartes
une voix posée une voix calme
être censé,e faire qc être supposé faire qc
la sueur la transpiration
la paume le dedans, l'intérieur de la main
indolent,e lent, sans énergie
une encoche un trou peu profond
las,lasse [la,las] fatigué, faible

qua en même temps un chiffre (qui lui parut astronomique) et la fixa d'un œil interrogateur:

– Le 8, répéta Angela d'une voix ferme.

Elle se sentait bien, la proie d'une sorte de fantôme, d'ombre inconnue, qui la téléguidait; elle s'étonnait simplement de n'avoir plus devant les yeux l'image de Giuseppe endormi contre Helena. C'était la petite bille à présent qu'elle voyait: elle seule.

– Le maximum est de deux mille francs sur un numéro plein, dit le croupier, l'air surpris.

Elle hocha la tête sans répondre, sans comprendre, et le croupier disposa un tas de ses jetons sur le 8 et lui tendit les autres – qu'elle ramassa machinalement.

Les gens s'étaient approchés à présent et la regardaient avec une certaine curiosité. Ni son visage, ni sa mine, ni son attitude ne pouvait laisser soupçonner en elle la folle qui venait de risquer deux mille francs sur un numéro simple au Casino d'Été, à Nice, en septembre. Le croupier, après une seconde d'hésitation, cria: «Faites vos jeux!» La dame en pantalon posa dix francs à côté du tas rutilant d'Angela, et la bille repartit. Après quelques bruits divers et discordants, elle s'arrêta. Et ce furent le silence, d'abord, l'espèce de rumeur choquée ensuite, qui ranimèrent Angela: car elle avait fermé les yeux! (et sous le sommeil, semblaient avouer ses paupières lourdes, bien plus que sous le choc).

– Le 8, dit le croupier d'une voix moins gaie, lui sembla-t-il …

Et, se tournant vers Angela qui était restée froide, le visage immobile, il s'inclina et déclara:

– Mes compliments, Madame. Nous vous devons 66 000 francs. Si vous voulez me suivre? …

Elle était entourée d'hommes en noir – mi-obséquieux mi-grognons – qui la conduisirent à un autre guichet. Là, un autre homme, aux yeux pâles, lui compta des jetons beaucoup plus grands et beaucoup

être la proie de qc etw. ausgeliefert sein

une bille une petit boule

hocher la tête faire un mouvement de la tête, de haut en bas ou de droite à gauche

soupçonner supposer

rutilant,e qui brille d'un vif éclat

discordant,e qui manque d'harmonie

ranimer qn *fig* redonner à qn de l'énergie, de la force

la paupière Augenlid

s'incliner exprimer son respect en baissant la tête et en courbant le corps

obséquieux,-euse poli à l'excès, servile

grognon,-onne qui est d'humeur désagréable, montre son mécontentement

mi-… mi-… moitié… moitié…

plus carrés. Angela ne disait rien, ses oreilles sifflaient, elle avait du mal à se tenir droite.

– Combien cela fait-il? demanda-t-elle en désignant ces plaques anonymes.

Et lorsque l'homme lui déclara: «66000 francs, Madame; c'est-à-dire six millions six, en francs anciens», elle avança la main vers lui et s'appuya à son bras. Il la fit asseoir, fort poliment, lui demanda un cognac et le lui offrit avec la même politesse un peu glacée.

– Pourrais-je les avoir en billets? demanda Angela dès que la chaleur de l'alcool lui eut rendu une idée de la situation.

– Naturellement, dit-il.

Et il replongea dans ses tiroirs, en sortit une montagne de billets: jaunes, semblables à celui que lui avait confié Giuseppe le matin même; il poussa même l'amabilité jusqu'à l'aider à les installer dans son sac.

– Vous ne voulez pas rejouer, Madame ... demanda-t-il, mais d'un ton sans espoir ...

Car il était évident (pour lui qui s'y connaissait), que c'était bien la première et la dernière fois que Angela di Stefano mettait les pieds dans un casino. Elle refusa de la tête, dit «Merci beaucoup» et sortit du même pas, rapide et ferme, qui l'avait amenée là.

Le soleil lui rendit son visage dès qu'elle fut dehors. Elle reconnut la mer, la Promenade des Anglais, les voitures, les vieux palmiers, et elle se rappela qu'elle était une femme trompée: elle alla s'asseoir au premier café près du Casino (c'était, d'ailleurs, aussi, la première fois qu'Angela di Stefano s'asseyait seule dans un café), et elle posa son sac entre ses jambes bien serrées avant de demander une glace à la framboise au garçon, d'une voix éteinte. Là, elle se mit à réfléchir. Un petit jeune homme vêtu de beige qui l'avait suivie depuis le Casino tenta de lui faire la conversation et de lui offrir une cigarette, mais elle le repoussa, sans un mot, d'un geste de la main des plus

siffler → un coup de sifflet, un sifflet (↑)

une framboise (Himbeere)
éteint,e très faible

tenter de faire qc *ici:* essayer de faire qc

éloquents; et ce parasite, pourtant blasé, des casinos et des dames seules, se sentit pour une fois tout à fait humilié: ce n'était pas la peine d'insister.

Il partit donc et, livrée enfin à elle-même et à ses réflexions, Angela examina, successivement, les trois ou quatre plans qui lui semblaient logiques.

Le premier consistait à déposer de toute urgence ces billets jaunes dans une banque; mais cette banque était celle de Giuseppe; et Giuseppe l'ayant trahie, elle devait le quitter.

Le second plan consistait à affréter un bateau ou une barque dans un port et à se faire ramener directement chez ses parents.

Le troisième consistait à prendre un taxi (comme dans les romans), à passer à la maison chercher Filou, sa valise, et à laisser cinq cents francs à Giuseppe, avec un mot déchirant. Puis repartir vers le port, etc.

Le quatrième devenait plus romanesque: elle rentrait dans un magasin, elle se couvrait de robes arachnéennes en soie rouge, de bijoux merveilleux, elle louait une calèche et rentrait à la maison au grand galop, devant les voisines ahuries, en jetant des bonbons aux enfants sur tout le parcours. Ou alors elle trouvait deux gangsters – il devait y en avoir par là – et elle les chargeait d'aller rosser la belle Helena. Ou alors elle louait une voiture avec un grand chauffeur vêtu de gris, elle l'envoyait prendre ses affaires chez elle, rue des Petites-Écuries, avec un mot pour la voisine afin de lui remettre Filou et ses effets.

Toutes ces possibilités donnaient le vertige à Angela et le cognac se mariait mal avec la glace à la framboise. Elle avait mal au cœur. Il y avait si longtemps, en plus, que la vie était dépourvue de possibles pour elle, si longtemps qu'elle savait très exactement ce qui l'attendait dans la demi-heure qui suivait – et dans la semaine – et même dans l'année –, si longtemps qu'elle n'avait pas à choisir quoi que ce soit, que là, brusquement, cet imprévu: «Giuseppe dans les bras d'Helena», devenait presque rassurant,

éloquent,e *ici:* expressif, évident
un(e) parasite Schmarotzer
humilié,e blessé dans son amour-propre
insister *ici:* recommencer, continuer
successivement *ici:* l'un après l'autre
l'urgence *f* → urgent,e: qu'il faut faire tout de suite
trahir qn → la trahison (↑)
affréter qc louer qc
déchirant,e qui cause une vive émotion
arachnéen,-enne [arakneɛ̃,-ɛn] très léger
la soie Seide
un bijou Schmuckstück
une calèche une voiture à cheval, découverte, à quatre roues
ahuri,e extrêmement surpris
rosser qn frapper qn avec violence
les effets de qn *m, plur* les affaires (linge, vêtements) de qn
qc donne le vertige à qn qc donne l'impression à qn que tout tourne autour de lui
être dépourvu,e de manquer de
rassurant,e qui redonne le calme, la paix

à y penser, puisqu'il avait eu lieu, qu'il existait et qu'elle n'y pouvait plus rien. L'erreur, l'épouvante, c'étaient toutes ces possibilités enfouies dans ce sac, à ses pieds.

Si elle n'avait pas eu ce sac bourré de ces billets jaunes, elle le savait, elle serait revenue à la maison. Elle aurait crié après Giuseppe, elle l'aurait insulté, elle l'aurait menacé de le quitter, et peut-être même l'aurait-elle quitté pour quelque temps; avant qu'il ne vînt, tout contrit, la rechercher dans son île. S'il n'y avait pas eu ce tas de billets, la vie serait restée simple et plate et, finalement, très douce, car elle aimait Giuseppe. Et si elle savait bien qu'il était, au fond, un peu coureur, elle savait aussi qu'il l'aimait, elle, Angela, et que, le samedi d'avant, c'était le fils de la vieille voisine qui avait passé l'après-midi chez Helena. Seulement, maintenant, elle pouvait être autre chose qu'une femme trompée, avoir en face d'elle autre chose qu'un homme repentant: elle pouvait être une femme libre et riche abandonnant un homme effondré ... Giuseppe était maçon, et c'était un bel homme, mais enfin il n'avait plus vingt ans et il ne gagnait pas beaucoup d'argent. Si elle partait, les femmes ne courraient pas toutes après lui. Surtout que si, par erreur, il avait quelques francs d'avance, il les lui donnerait à elle, Angela. Car c'était elle qui avait dû insister pour qu'il achetât, par traites, leur vieille maison de la rue des Petites-Écuries: la robe en soie rouge, c'était toujours lui qui la lui promettait; et finalement ce n'était pas elle qui en rêvait.

Le soir tombait lentement sur la mer grise et blonde, devenue soyeuse au soir, et Angela commençait à avoir peur que Giuseppe ne s'inquiétât. Peut-être pensait-il qu'un voyou l'avait attaquée pour lui prendre le beau billet jaune qu'elle devait porter à la banque: il ne pouvait, bien sûr, s'imaginer qu'elle était là, dans le café de cette avenue brillante, avec des millions à ses pieds, qu'elle pouvait partir et ne plus le revoir. Que feraient-ils vers huit heures, lui et

l'épouvante *f* une peur très violente
enfoui,e *fig* mis, caché
bourré,e de entièrement plein de
insulter qn adresser à qn des paroles blessantes
contrit,e se dit de qn qui regrette sincèrement une faute qu'il a commise
coureur,-euse infidèle en amour
repentant,e contrit (↑)
effondré,e très découragé, très abattu
un maçon un ouvrier qui bâtit des maisons
une traite une lettre de change
soyeux,-euse *fig* comme de la soie (↑)
un voyou un petit gangster [gãgstɛr]

Filou, si elle ne rentrait pas? Ils attendraient devant la porte comme deux bons à rien qu'ils étaient, incapables même de savoir où étaient l'huile et la farine, le saucisson et le vin. Non, ce n'était pas possible! Elle ne pourrait pas, au même moment, profiter de la langouste, du champagne, des petits gâteaux que lui apporterait un maître d'hôtel de ces somptueux palaces si elle se décidait à partir. Elle ne pourrait rien faire de cet argent, tout aurait toujours un goût de mélancolie. Elle n'était pas faite pour ces possibles. Elle n'avait pas vu assez de films à la télévision ou pas lu assez de livres. Ou pas assez rêvé à d'autres que Giuseppe ...

Elle se leva, rentra au Casino et eut la chance de retomber sur le même homme aux yeux pâles, l'homme au cognac, qui la reconnut aussitôt. Elle l'attira dans un coin sombre et lui chuchota sa demande à voix basse.

– Comment? dit-il.

Il avait haussé la voix, il était devenu rouge, et tout le monde les regardait. Alors elle le tira un peu plus vers elle, elle recommença à chuchoter, et, tout à coup, il sembla comprendre.

– Vous voulez que je vous les reprenne? C'est ça? dit-il. Mais je n'ai pas le droit, Madame.

Il appela un autre homme, habillé comme lui, et ils chuchotèrent tous les trois. Les deux hommes avaient un drôle d'air à présent, ils semblaient brusquement plus jeunes et plus enfantins que tout à l'heure. Quelqu'un passant à côté d'eux eût été fort étonné d'entendre ces deux croupiers et cette belle femme parler des œuvres du Bon Secours ou des mérites des Petits Frères des Pauvres. Finalement, ils entrèrent dans le bureau, Angela reposa son argent, on lui remit un chèque qu'elle tourna et qu'elle endossa aux œuvres de Saint-Vincent. Elle signa «Angela di Stefano»: il était évident aussi que c'était bien la première et la dernière fois qu'elle mettait son nom sur un chèque. Puis elle repartit fièrement,

somptueux,-euse très luxueux

un mérite *ici:* une qualité

endosser un chèque signer au dos d'un chèque

croisant des femmes à présent élégantes et des hommes nerveux, car c'était l'heure du vrai jeu. Et les deux croupiers la raccompagnèrent avec un tel luxe de civilités et de courbettes que toutes ces élégantes se retournèrent sur elle avec un air d'interrogation.

croiser qn passer près de qn qui marche dans l'autre direction

des civilités *f, plur* des démonstrations de politesse

une courbette le fait de courber exagérément le corps devant qn, en signe de politesse

Elle rentra en courant et trouva Filou et Giuseppe, tous deux assis, mais l'un sur les genoux de l'autre, devant la télévision.

– Tu rentres bien tard, dit Giuseppe de sa voix grondeuse.

grondeur,-euse qui exprime le mécontentement

Et elle murmura juste:

– Oh oui, c'était long à la banque et j'ai rencontré une cousine de Bastia … avant de se précipiter vers ses casseroles.

se précipiter vers qc aller vite et de manière brusque vers qc

Giuseppe, qui se sentait lui-même un peu honteux, et qui avait eu le plus grand mal à faire disparaître le parfum de l'horrible eau de cologne dont se couvrait Helena, tendit la main derrière lui et lui tapota la taille au passage. Il avait un peu sommeil. Une voisine chantait dehors, d'une voix fausse, et le chat ronronnait déjà à sentir ce qu'Angela faisait griller dans la poêle. «Cela avait été un samedi bien agréable, pensa Giuseppe, chaque homme a droit à un petit peu d'aventure dans sa vie, de temps en temps: les femmes ne s'en rendent pas compte …»

tapoter qc donner, de la main, des coups très légers sur qc

Comprendre et analyser

page 7, lignes 1 à 17

1. a) Décrivez le cadre du récit (le lieu, la saison, le jour, l'heure de la journée, les personnages).
   b) Caractérisez l'atmosphère de ce début de la nouvelle.
2. Cherchez, dans le texte, trois indices qui montrent que le chat des di Stefano est un mâle.

page 7, ligne 18 – page 9, ligne 3

3. Caractérisez Angela di Stefano.
4. Qu'est-ce que le lecteur apprend sur la belle Helena et quel rôle joue-t-elle dans la vie d'Angela?
5. Qu'est-ce qui amène Angela à penser que «même Filou le savait» (page 8, ligne 16)?
6. Analysez les relations entre Angela et Giuseppe.

page 9, ligne 4 – page 11, ligne 26

7. Résumez en quelques phrases ce qui se passe au Casino.
8. Relevez tous les passages qui caractérisent l'ambiance du Casino en général et le comportement du personnel.
9. Indiquez tous les passages où le lecteur apprend quelque chose …
   a) sur le comportement d'Angela;
   b) sur ses sentiments et son état d'âme.

page 11, ligne 27 – page 15

10. Découpez le reste du récit en trois scènes (les trois lieux de l'action) et dites brièvement ce que fait Angela dans chacune d'elles.
11. Quelle question Angela se pose-t-elle, après avoir gagné au jeu tout cet argent, et quelle décision prend-elle?
12. Relisez les lignes 1 à 9 de la page 7, puis les lignes 7 à 26 de la page 15: indiquez les passages où le chat est mentionné.

L'Échange

Un délicat soleil d'automne baignait l'Angleterre et allongeait sur des pelouses encore vert pomme l'ombre massive et solennelle des tours de Fontleroy Castle. Les nombreux visiteurs marchaient à présent en groupes volubiles vers la poterne, sous l'œil fatigué et vigilant des gardiens. Il allait être six heures, et le château serait bientôt fermé à ces importuns. Seul un petit groupe parcourait encore au trot le grand couloir du premier étage. Le guide se dépêchait, inquiet et gêné comme chaque fois que Leurs Seigneuries étaient dans leur demeure; et c'est ainsi qu'il ne vit pas s'effacer derrière une armure le jeune et sournois Arthur Scotfield.

C'était un jeune homme mince, roux, au visage avenant et gai, et qui portait avec une élégance méritoire des vêtements plus que fatigués. A présent il soufflait un peu derrière son refuge et se félicitait. Le petit tableau de Franz Hals était bien là, juste où on le lui avait indiqué, au bout du couloir et en face de la grande porte lambrissée. Il lui suffirait plus tard, quand il ferait nuit, de revenir sur ses pas, de le décrocher et de filer avec, par une porte quelconque. Il lui semblait avoir parcouru des kilomètres dans ce maudit château, et il se demandait quels fous furieux pouvaient encore y habiter.

Lord Fontleroy ralluma pour la troisième fois son cigare. Généralement de couleur brique, il était devenu ponceau, et sa femme, la toujours belle Faye Fontleroy, lui jeta un coup d'œil mi-inquiet, mi-amusé. Ce dîner avait été interminable et, vraiment, Byron, leur invité, avait eu tort d'arriver ainsi, la veille de la chasse. Sa passion pour elle n'excusait pas sa présence intempestive, plus qu'intempestive étant donné l'humeur épouvantable où la jalousie plongeait ce pauvre Geoffrey. Lord Fontleroy avait tou-

allonger qc rendre qc plus long
une pelouse *dans un parc:* un terrain couvert d'herbe bien coupée
solennel,-elle [sɔlanɛl] majestueux, qui veut impressionner
volubile qui aime parler et qui parle beaucoup
une poterne Nebenpforte
vigilant,e qui surveille avec beaucoup d'attention
un(e) gardien,-ienne *ici:* qn qui est chargé de surveiller, protéger qc
un(e) importun,e qn dont on n'aime pas la présence, qui gêne
le trot [tro] Trab
au trot *ici:* rapidement
une demeure le lieu où l'on habite
s'effacer *ici:* disparaître
une armure un ensemble de pièces métalliques qui, autrefois, protégeait l'homme de guerre
sournois,e ≠ franc, sincère
mince ≠ gros
roux,rousse aux cheveux d'une couleur entre le rouge et le jaune
avenant,e sympathique, ouvert
méritoire digne d'estime, louable; ≠ blâmable
un refuge un lieu où l'on se cache, se retire en cas de danger
lambrissé,e *ici:* décoré à l'aide d'éléments de bois sculptés
décrocher qc enlever qc d'un mur, p.ex.
filer *fam* partir le plus vite possible
quelconque irgendein(e)
maudit,e damné [dane] *fam*, satané *fam*
brique *inv* entre le brun et le rouge

jours été jaloux – et souvent à juste titre – de son épouse; et même maintenant où elle avait passé allègrement la quarantaine, voire la cinquantaine disaient ses meilleures amies, il ne pouvait s'empêcher de rouler des yeux injectés de sang lorsque le moindre bel homme tournait autour de sa femme. Il écrasa son cigare d'un geste furibond dans le cendrier, et Byron, pressentant le danger, déplia sa longue carcasse d'Écossais et toussota:
– M'excuserez-vous, demanda-t-il de sa voix haut perchée (voix qui avait, au demeurant, empêché jusque-là Faye de le considérer attentivement), me pardonnerez-vous si je me retire? Nous nous levons tôt, je crois, demain.
– A cinq heures, dit Geoffrey Fontleroy d'une voix rogue. Vous avez raison.

Byron s'inclina devant Faye et son époux et partit d'un pas mélancolique vers le grand escalier. Faye le suivit des yeux machinalement et elle sursauta quand Geoffrey l'interpella.
– J'imagine que celui-là vous plaît aussi, dit-il.
– Voyons, mon cher, dit Faye, nous avons déjà eu une journée épuisante avec toute cette cohorte, dont on entendait les pas poussifs dans les couloirs. N'est-ce pas suffisant?
– Cette cohorte contribue à payer vos chapeaux et vos voyages, rappela Geoffrey d'une voix acerbe. Mes ancêtres sont dévisagés par des culs-terreux, tous les jeudis, à cause de vos fantaisies. Maintenant voilà ce grand serin de Byron qui vient jusque sous mon toit vous lancer des œillades. Morbleu! s'écria-t-il en tapant sur l'accoudoir. Morbleu! vous ne me tromperez pas sous mon toit!
– Voyons, reprit Faye d'une voix apaisante, cessez ces propos libidineux, Geoffrey. Il est temps de dormir.

Elle se leva et lord Fontleroy se leva aussitôt, malgré son embonpoint, et la suivit dans le couloir. Arrivée à sa porte, après quelques miles, elle se retourna et regarda son mari avec candeur.

ponceau *inv* d'un rouge très vif
la veille le jour ou le soir d'avant
intempestif,-ive déplacé
étant donné angesichts
épouvantable terrible

à juste titre avec raison
l'époux *m*, **l'épouse** *f* **de qn** le mari, la femme de qn
allègrement *ici:* facilement
voire et même
injecté de sang tout rouge par l'afflux du sang
écraser qc *ici:* appuyer fortement sur qc pour l'éteindre
furibond,e furieux, très en colère
pressentir qc prévoir instinctivement qc
déplier qc ouvrir qc (p.ex. un journal, une carte routière)
la carcasse *fam* le corps
toussoter hüsteln
perché,e placé à un endroit élevé
une voix haut perchée une voix aiguë; ≠ une voix grave
au demeurant d'ailleurs
rogue dur et arrogant
s'incliner exprimer son respect en baissant la tête et en courbant le corps
sursauter avoir un mouvement de surprise
interpeller qn [ɛ̃tɛrpəle] *ici:* adresser la parole à qn de façon brusque
épuisant,e très fatigant
une cohorte *fam* un groupe de personnes
poussif,-ive *pour une personne:* qui manque de souffle, respire difficilement
acerbe dur, qui cherche à blesser

– Voulez-vous fouiller ma chambre, Geoffrey? demanda-t-elle.

Elle avait envie de rire. En même temps, quelque chose, dans le dos de Geoffrey, la dérangeait, une sorte de tache blanche sur le mur du couloir qui dérangeait sa vue. «Il manque quelque chose, là, mais quoi? ...» Elle ouvrait la bouche pour poser la question à Geoffrey, mais ce dernier l'avait prise par le bras et la poussait dans son appartement.

– Vous m'excuserez, dit-il, mais j'ai l'intention de dormir tranquille, cette nuit. Je vous rouvrirai la porte en partant pour la chasse en compagnie de Byron, à cinq heures.

Et il referma la porte sur elle. Elle entendit la lourde serrure tourner trois fois, non sans grincement, dans le pêne.

Son appartement privé était composé d'une immense entrée-penderie lugubre et d'une chambre solennelle et gothique dont le seul charme était la vue, délicieusement sauvage, sur les collines du Sussex. Ce n'était pas la première fois que Geoffrey l'enfermait de la sorte, mais elle ne put s'empêcher de rire: pour cette fois, c'était bien inutile. Elle se déshabilla, mit une chemise de nuit de soie qu'elle affectionnait, et commença à brosser ses cheveux roux, toujours aussi roux malgré le temps, devant la glace. Elle regardait ses dents toujours éclatantes, sa peau toujours fraîche d'Anglaise, son corps mince et vigoureux, et elle se souriait à elle-même. Tout à coup elle s'immobilisa, la brosse en l'air. Elle se souvenait: «Oui, c'était bien le petit Franz Hals qui avait disparu du couloir.» Elle en était sûre! Un de ces touristes avait dû l'embarquer au passage mais elle ne voyait pas comment il avait pu le sortir du château sous l'œil si vigilant de Gordon, le butler. «Bah, se dit-elle, ce n'est pas une bien grande perte ...» Et son sourire s'accentua. Le vent fit claquer les rideaux dans sa chambre et elle se rendit compte qu'elle avait froid.

mon ancêtre *m* qn de ma famille et qui a vécu 200 ou 300 ans avant moi
dévisager qn regarder qn avec insistance, avec curiosité
un cul-terreux [kytɛrø] *fam et péj* un paysan
un serin *fam* un homme bête, qui croit tout ce qu'on lui dit
une œillade [œjad] un regard amoureux
Morbleu! *vx* Himmeldonnerwetter!
un accoudoir la partie d'un fauteuil où l'on met le bras
apaisant,e qui calme, rassure
des propos *m, plur* des paroles
libidineux,-euse qui manque de décence, immoral
l'embonpoint *m* la corpulence
la candeur la naïveté

---

fouiller qc inspecter minutieusement qc
déranger qn gêner qn
une tache Fleck
une serrure la partie d'une porte où l'on met la clé
un grincement un bruit aigu, désagréable
le pêne la pièce mobile d'une serrure (Riegel)
une penderie *ici:* une pièce où l'on suspend des vêtements
lugubre d'une profonde tristesse
une vue sauvage une vue sur un paysage naturel, non cultivé
une colline une hauteur moins élevée qu'une montagne
la soie die Seide
affectionner qc aimer beaucoup qc

Où avait-elle donc pu mettre sa délicieuse couverture de mohair rapportée par le délicieux Edmond Brindehoux, quinze ans plus tôt? Était-ce Edmond, d'ailleurs, ou Pierino qui lui avait rapporté cette couverture faite de plumes de cygne, semblait-il, tant elle était légère? Elle ne savait plus. On avait dû la ranger dans la penderie du fond, celle qu'on n'ouvrait jamais, et elle s'y dirigea d'un pas vif.

Elle ouvrit la porte et se trouva nez à nez avec Arthur Scotfield. Il tomba littéralement dans ses bras, suffoquant, tant il avait été serré entre les housses et la porte, et il éternua violemment quatre ou cinq fois sous l'effet de la naphtaline. Par quelle malchance, pensait-il, avait-il fallu qu'effrayé par un gardien il se réfugiât justement là, dans la seule chambre sans doute occupée, et pourquoi avait-il fallu que cette femme ouvrît justement ce placard entre vingt autres? Elle allait se mettre à hurler, il allait devoir s'enfuir dans ces couloirs inconnus et sombres et sûrement se faire pincer par des archers. C'était le sixième cambriolage d'Arthur, et les cinq premiers s'étaient tous si bien passés qu'il avait le sentiment d'une injustice. Tout en éternuant, il attendait le cri perçant ou les supplications inévitables, mais ses éternuements cessèrent d'un coup quand il entendit une voix gaie, amusée – semblait-il –, prononcer: «God bless you!» Il marmonna «Merci» machinalement et releva la tête.

Il était en face de la belle lady Fontleroy dont il avait cent fois admiré les photos dans les revues diverses et dont à présent il admirait les épaules nues et les cheveux fauves. C'était complet; en plus, il avait fallu qu'il tombât sur la maîtresse de maison, et, même si elle n'avait pas vu le tableau – qu'il avait eu le réflexe d'enfouir entre deux housses –, elle allait néanmoins appeler son époux et le faire rosser. Comment pouvait-il justifier sa présence? Que pouvait-il bien indiquer comme prétexte à sa présence, à cette heure, dans cette chambre? Son esprit agile s'affolait en vain.

éclatant,e brillant, d'un blanc vif
vigoureux,-euse plein de force
embarquer qc *fam* emporter qc
s'accentuer s'intensifier
claquer produire un bruit qui dure très peu et qu'on entend bien

---

un cygne Schwan
une penderie une armoire où l'on suspend des vêtements
suffoquer respirer avec difficulté, perdre le souffle
une housse [ynəus] une enveloppe (en plastique, p.ex.) pour protéger un vêtement, un meuble, etc.
éternuer niesen
la naphtaline une substance blanche pour protéger les vêtements contre certains insectes
se réfugier trouver refuge (↑)
un placard une armoire
se faire pincer *fam* se faire prendre
un archer ein Bogenschütze
un cambriolage le fait d'entrer dans une maison pour voler qc
perçant,e aigu, strident
une supplication le fait de demander qc avec insistance et humilité
marmonner qc murmurer qc entre ses dents
fauve jaune roux (↑)
C'est complet. Il ne manquait plus que ça./ C'est un comble.
enfouir mettre, cacher
néanmoins malgré tout, quand même
rosser qn battre qn
un prétexte une raison, un motif qu'on invente
s'affoler s'énerver, perdre le contrôle de soi-même

– Auriez-vous pris froid? demanda Faye d'un air obligeant. Ces couloirs sont atroces.

Et comme il ne répondait pas, elle haussa les épaules et lui sourit.

– Il y a un feu à côté, dit-elle, venez vous réchauffer.

Hébété, Arthur la suivit jusqu'à l'immense cheminée et s'assit timidement sur la banquette qu'elle lui désigna, en face d'elle. Les flammes étaient hautes, faisaient danser des ombres démesurées sur le lointain plafond et rougissaient un peu les joues de Faye. Elle avait l'air très jeune ainsi, et très désarmée malgré son flegme. «Elle doit avoir un joli cran, pensa Arthur non sans admiration, car après tout, au lieu d'être un gentleman, je pourrais être un assassin et lui tordre son joli cou.» Il lui adressa un sourire rassurant et protecteur qui l'embellit singulièrement. «Bien habillé, pensa Faye, il pourrait être très joli garçon, malgré sa maigreur ... Les yeux et la bouche sont superbes.» Ils se considérèrent ainsi une bonne minute et se mirent à parler tout à coup ensemble.

– Je voulais vous dire ..., commença Arthur.

– Que faites-vous là? s'enquit Faye.

Ils s'arrêtèrent ensemble, étonnés et confus, et se mirent à rire. Faye reprit la parole la première:

– Je disais, que faites-vous dans ma chambre, à cette heure-ci, jeune homme? demanda-t-elle d'une voix suave.

Et la réponse, la seule réponse possible vint aussitôt et sans effort à la bouche d'Arthur.

– Je vous aime, dit-il. Je vous ai vue souvent aux courses, dans les journaux, partout. J'ai tant rêvé de vous que j'ai tout risqué pour vous rencontrer. Il fallait que je vous voie et que je vous le dise.

Il reprenait confiance à présent, il se savait un joli bagout et de nombreuses femmes y avaient succombé. De plus il ne sentait aucune difficulté à prononcer ces mots d'amour. Cette lady Fontleroy n'était pas de première jeunesse, bien sûr, mais elle était rudement séduisante; et il redoubla d'éloquence:

obligeant,e prévenant, serviable
atroce terrible, affreux

une cheminée *ici:* (offener) Kamin
timide ≠ sûr de soi
une banquette *ici:* un canapé, un sofa
désigner qc à qn montrer du doigt qc à qn
désarmé,e sans défense
le cran *fam* le courage, l'audace

tordre le cou à qn *fam* tuer qn

superbe d'une grande beauté

s'enquérir *ici:* demander

suave harmonieux, doux

le bagou(t) *fam* la capacité de parler beaucoup et avec habileté
succomber à qc ≠ résister à qc
rudement *fam* très, extrêmement
séduisant,e qui attire par sa beauté, son charme
l'éloquence *f* le talent d'une personne qui sait convaincre par la parole

– Votre beauté, disait-il, votre manière de marcher, la couleur de vos cheveux, vos yeux ... Ah! je n'aurais jamais cru pouvoir arriver jusqu'ici.

Elle le regardait sans broncher et elle souriait avec une sorte d'affection comme si elle eût été en face d'un vieil ami et comme si elle ne l'eût pas surpris, enfoui dans sa garde-robe, la seconde d'avant.

– C'est très gentil à vous, dit-elle, d'avoir fait tout ce chemin. Je suis très touchée. Mais vous êtes un jeune homme, un très jeune homme, et je suis une femme trop âgée pour vous. Il vous faut m'oublier et partir au plus vite avant qu'on ne vous trouve.

Arthur hochait la tête, soulagé d'un grand poids mais un petit peu désappointé. Il avait une chance folle, quand même, que cette femme fût ce qu'elle fut et qu'elle eût cette attitude. Il laisserait le tableau là où il était, et reviendrait, libre, à Londres, expliquer à son commanditaire que le coup avait foiré. Tout s'arrangeait bien. Seulement il aurait bien aimé rester quelques moments de plus, au coin de ce feu et en face de cette exquise personne.

– Ne puis-je rester un peu? demanda-t-il d'une voix implorante.

Mais elle secoua la tête et se leva d'un air décidé.

– Non, dit-elle, ce serait imprudent.

Il se leva aussi et tout à coup il la vit s'arrêter, comme pétrifiée, et porter la main à son front. Elle était devant la cheminée, il voyait son corps éclairé par les flammes, sous la soie transparente, et il se sentait la bouche un peu sèche.

– Mon Dieu! dit-elle d'une voix enfin altérée, vous ne pouvez pas sortir ... Geoffrey, mon mari, reprit-elle, m'a enfermée jusqu'à demain.

– Enfermée? dit-il, ahuri.

– Oui, dit-elle, sans paraître le voir, les yeux tournés vers la porte fermée, oui, mon mari est jaloux. Il ne m'ouvrira qu'à cinq heures, demain, en partant pour la chasse. Que c'est assommant ..., dit-elle en se rasseyant sur la banquette, que c'est assommant, ces clés et ces serrures, quelle manie! Essayez quand

sans broncher sans réagir
l'affection *f* l'amour qu'on a pour ses parents, ses amis

hocher la tête faire un mouvement de la tête pour dire «oui» ou pour dire «non»
soulagé,e allégé

foirer *fam* rater; ≠ réussir

au coin du feu près de la cheminée (↑)

implorant,e qui demande qc avec insistance et humilité

pétrifié,e immobilisé à cause d'une vive émotion

altéré,e changé par l'émotion

ahuri,e extrêmement surpris

assommant,e *fam* désagréable, embêtant *fam*

même, reprit-elle d'une voix impérieuse, on ne sait jamais …

Arthur se dirigea vers la porte mais, malgré sa solide expérience des serrures, il comprit vite que cette chose moyenâgeuse ne se rendrait jamais. Elle était derrière lui, il respirait son parfum, et il se félicita malgré lui de la jalousie de lord Fontleroy et de la solidité de ce cadenas.

– Je ne peux rien faire, dit-il en se redressant et en se tournant vers elle.

– Mon Dieu! … murmura-t-elle. Que vais-je faire de vous jusqu'à demain?

Ils se regardaient fixement, très près l'un de l'autre, et il sentait un léger vertige le gagner.

– Je ne peux pas passer la nuit avec un jeune homme amoureux de moi, murmura-t-elle d'une voix rêveuse. Ce ne serait pas convenable.

Mais le mot «convenable» fut étouffé sur sa bouche par celle d'Arthur. Il la serrait contre lui, il embrassait ses épaules, il était mince et jeune et brûlant. Il sentait le soleil, le vieux tweed, le jeune homme, et elle se laissait aller contre lui, les yeux clos, en souriant vaguement.

A cinq heures, le lendemain matin, lord Fontleroy ouvrit la porte de sa femme au passage, d'une manière qu'il espérait silencieuse, ayant un peu honte de lui-même. Byron l'attendait en bas, grelottant dans le petit matin et, en le rejoignant, lord Geoffrey lui tapota l'épaule d'un geste affectueux et inattendu pour lui. Ils partirent d'un bon pas vers la forêt. «Pourvu qu'en plus je n'aie pas réveillé Faye», pensait Geoffrey en vérifiant son fusil. Il se faisait du souci pour rien, car il n'aurait pu réveiller Faye pour la bonne raison qu'elle n'avait pas dormi.

impérieux,-euse autoritaire

un cadenas [kadna] une petite serrure mobile

le vertige *ici:* le trouble

convenable correct, décent

étouffer un son empêcher un son d'être entendu, de sortir

clos,e [klo,kloz] fermé

avoir honte de soi-même ≠ être fier de soi-même

grelottant,e qui tremble de froid

le petit matin le lever du jour

rejoindre qn *ici:* arriver près de qn

tapoter qc frapper qc légèrement, à petits coups répétés

affectueux,-euse → l'affection (↑)

Le jeune Arthur Scotfield était allongé près d'elle, nu et tendre, le feu était mort dans la cheminée, et le petit jour se levait derrière les rideaux.

– Il faut que tu partes, dit-elle d'une voix lasse, et que tu ne reviennes pas. Prends le deuxième escalier à droite, après la porte-fenêtre.

Il s'assit sur le lit et la regarda. Il avait les yeux cernés et sans doute avait-elle, elle-même, une mine épouvantable.

– J'ai passé une nuit merveilleuse, dit-il d'une voix très jeune.

Et elle tendit le bras, l'attira près d'elle et l'embrassa tendrement au coin de la bouche.

– Voilà, dit-elle, c'est notre adieu. Prends tes vêtements, va t'habiller dans la penderie où je t'ai découvert, et pars très vite.

Il obéit, partit à reculons, se retrouva dans l'autre pièce et s'habilla rapidement. Dans la porte restée ouverte du placard, il vit le petit cadre allongé par terre contre ses housses, et il hésita. «C'est trop bête, pensa-t-il, de ne pas l'emporter.» Après tout, elle lui avait bien dit à un moment qu'elle s'en moquait de ce château, et de ces meubles, et de ces objets; qu'elle n'aimait que les hommes et les animaux. Elle ne le verrait même pas. Il ramassa donc le tableau et se dirigea vers la porte. «Arthur!» cria une voix dans la chambre voisine, et il s'arrêta, posa le tableau par terre avant de rentrer. Faye Fontleroy était assise, un bloc à la main. Elle en arracha une page, la mit dans une enveloppe qu'elle ferma, et la lui tendit.

– Arthur, dit-elle, tiens. Ceci est un petit mot pour toi, une preuve de ma tendresse. Tu le liras dans le train.

Touché, il se pencha, embrassa une fois de plus la belle épaule nue et partit d'un pas vif en attrapant au passage son butin.

Il ne croisa personne et, fidèle à sa façon, il attendit d'être dans le train poussiéreux pour décacheter l'enveloppe.

las,lasse [la,las] fatigué, faible

(les yeux) cernés entourés d'une zone bleuâtre, à cause de la fatigue

à reculons en allant en arrière

un cadre ce qui entoure un tableau, une photographie, etc.

arracher (une page) enlever en tirant fort

le butin le produit d'un vol

poussiéreux,-euse → la poussière (Staub)

décacheter (une lettre) ouvrir

L'écriture de lady Fontleroy était longue et large et généreuse, mais néanmoins lisible. Arthur lut la lettre. Elle disait:

«Fais attention, mon chéri. Ce tableau est à peu près aussi authentique que ta passion pour moi. (J'ai moi aussi, de temps en temps, des besoins d'argent ...) Ce fut une nuit charmante ... Quittes?»

C'était signé «Faye» et, la première stupeur passée, Arthur Scotfield se mit à rire tout seul dans le train, d'un rire sonore et enchanté, qui fit se retourner ses placides compagnons de voyage.

généreux,-euse großzügig

la stupeur une très forte surprise

placide calme, flegmatique

Comprendre et analyser

1. Décrivez l'atmosphère typiquement anglaise dans laquelle baigne ce récit.
2. Quelle est l'intention d'Arthur Scotfield?
3. Les Fontleroy et leur invité passent la soirée ensemble. Dans quelle ambiance se déroule-t-elle? Quels sont les rapports entre les trois personnages?
4. Que se passe-t-il au moment où les Fontleroy vont se coucher?
5. Qu'arrive-t-il à Arthur?
6. Pourquoi a-t-il l'impression qu'il n'a vraiment pas de chance?
7. A quelle réaction s'attend-il, de la part de Faye, et pourquoi est-il surpris?
8. En quoi peut-on dire qu'il a l'esprit vif?
9. Pourquoi Faye et Arthur passent-ils la nuit ensemble? (Indiquez deux raisons.)
10. Décrivez le départ d'Arthur.
11. Expliquez la chute *(die Pointe)* de cette histoire.

Une nuit de chien

M. Ximenestre ressemblait beaucoup à un dessin de Chaval. Corpulent, l'air hébété, sympathique au demeurant. Mais, en ce début du mois de décembre, il arborait une expression chagrine qui donnait à tout passant muni d'un cœur l'envie folle de l'aborder. Ce souci était dû à l'approche des fêtes que M. Ximenestre, d'ailleurs bon chrétien, voyait arriver cette année-là avec répulsion, n'ayant pas un centime pour fêter Mme Ximenestre, pourtant avide de présents, son fils Charles, bon à rien, et sa fille Augusta, excellente danseuse de calypso. Pas un centime, telle était l'exacte situation. Et il n'était pas question d'augmentation ni d'emprunts. Les deux avaient été obtenus déjà, à l'insu de Mme Ximenestre et de ses enfants, pour satisfaire le nouveau vice de celui qui eût dû être leur soutien, pour satisfaire enfin la funeste passion de M. Ximenestre: le jeu.

Non point le jeu banal, où l'or ruisselle sur le tapis vert, ni celui où des chevaux s'essoufflent sur un autre tapis vert, mais un jeu inconnu encore en France, malheureusement en vogue dans un café du XVIIe où M. Ximenestre prenait un Martini rouge avant de rentrer chez lui tous les soirs: le jeu des fléchettes, pratiqué avec une sarbacane et des billets de mille francs. Tous les habitués en étaient fous, sauf l'un d'eux qui avait dû s'arrêter, ayant un souffle au cœur. Importé par un Australien inconnu au quartier, ce jeu palpitant avait vite formé une sorte de club très fermé, sis dans l'arrière-salle, où le petit billard avait été sacrifié par le patron enthousiaste.

Bref, M. Ximenestre s'y était ruiné, bien qu'ayant fait des débuts prometteurs. Que faire? A qui emprunter encore de quoi payer le sac à main, le demi-scooter et le pick-up qu'il se savait tenu d'offrir à la suite de quelques allusions très précises à table? Les jours passaient autour de lui, les yeux s'allu-

Chaval un dessinateur humoristique français (1915–1968)
hébété,e *ici:* pas très intelligent, pas très vif
au demeurant *ici:* au reste, du reste
arborer qc laisser voir clairement qc
chagrin,e triste, soucieux
être muni,e de qc avoir qc à sa disposition, posséder qc
aborder qn s'approcher de qn (qu'on ne connaît pas) et lui adresser la parole
la répulsion l'horreur, le dégoût
être avide de qc vouloir absolument avoir qc
une augmentation *ici:* une hausse de salaire
un emprunt le fait de demander de l'argent à qn, avec l'intention de le lui rendre plus tard
à l'insu de qn sans que qn le sache
un vice une mauvaise habitude, une faiblesse, une manie
être le soutien de qn faire vivre qn, gagner de l'argent pour lui
funeste qui cause le malheur
ruisseler *ici:* se répandre en grande quantité
le tapis vert *ici:* la table de jeu
s'essouffler *ici:* peiner, faire des efforts excessifs
en vogue à la mode
une fléchette kleiner Wurfpfeil
une sarbacane Blasrohr
un,e habitué(e) *pour un café:* qn qui y vient régulièrement
un souffle au cœur Herzklappenfehler
palpitant,e très intéressant, passionnant
sis,e [si,siz] situé

maient de plaisir anticipé, et la neige se mit gaiement à tomber. Le teint de M. Ximenestre devint jaune et il souhaita tomber malade. En vain.

Le 24 au matin, M. Ximenestre sortit de chez lui, suivi par trois regards approbateurs, la fouille quotidienne effectuée par Mme Ximenestre n'ayant pas encore amené la découverte des précieux paquets attendus. «Il s'y prend à temps», pensait-elle avec quelque aigreur mais sans la moindre inquiétude.

Dans la rue, M. Ximenestre entortilla trois fois son foulard autour de son visage et ce geste lui fit un instant envisager un hold-up. Idée qu'il repoussa vite, heureusement. Il se mit à marcher de son pas d'ours, traînard et débonnaire, et vint échouer sur un banc où la neige eut vite fait de le transformer en iceberg. L'idée de la pipe, de la serviette de cuir et de la cravate rouge (par ailleurs importable) qu'il savait l'attendre chez lui mettait le comble à sa désolation.

Quelques passants rubiconds, sautillants, des ficelles et des paquets à chaque doigt, des pères de famille enfin, dignes de ce nom, passèrent. Une limousine s'arrêta à deux pas de M. Ximenestre; une créature de rêve, suivie de deux loulous en laisse, en descendit. M. Ximenestre, pourtant amateur de beau sexe, la regarda sans la moindre pensée. Puis ses yeux errèrent sur les chiens et une vive lueur y apparut soudainement. Se débarrassant du tas de neige accumulé sur ses genoux, il se dressa prestement en poussant une exclamation étouffée par la neige qui lui dégringola de son chapeau dans les yeux et le cou.

«A la fourrière!» cria-t-il.

La fourrière était un endroit assez lugubre, plein de chiens tristes ou agités, qui effrayèrent un peu M. Ximenestre. Il fixa enfin son choix sur une bête assez indéfinie quant à la race et à la couleur mais qui, selon l'expression, avait de bons yeux. Et M. Ximenestre se doutait qu'il faut d'infiniment bons yeux pour remplacer un sac, un pick-up et un scooter. Il baptisa immédiatement sa trouvaille Médor, et, le tenant au bout d'une ficelle, sortit dans la rue.

sacrifier qc renoncer volontairement à qc
un pick-up [pikœp] *vx* un tourne-disque, un électrophone
être tenu,e de faire qc être obligé de faire qc
une allusion le fait de parler indirectement de qc

---

anticipé,e qu'on a à l'avance
en vain sans succès
approbateur,-trice qui montre que l'on est d'accord avec qc, que l'on dit oui à qc
une fouille le fait d'inspecter minutieusement qc
effectuer faire
s'y prendre *ici:* commencer à s'occuper de qc
l'aigreur *f* le mécontentement, l'agressivité
entortiller enrouler
envisager qc se dire qu'on pourrait faire qc
un ours [urs] Bär
traînard,e lent
débonnaire sans aucune agressivité
échouer *ici:* s'asseoir, à cause de la fatigue, sans l'avoir vraiment voulu
le cuir Leder
le comble le degré maximum
la désolation un état d'extrême tristesse
rubicond,e au visage très rouge
sautillant,e *ici:* qui marche à petits pas rapides (à la manière d'un oiseau)
une ficelle Bindfaden
digne de qc qui mérite qc
un loulou un petit chien d'appartement
une laisse ce à quoi on attache un chien pour le promener
errer *ici:* regarder sans faire très attention

La joie de Médor se traduisit immédiatement par une frénésie qui se communiqua malgré lui à M. Ximenestre, surpris par la vigueur canine. Il se vit traîner quelques centaines de mètres au grand trot (car il y avait longtemps que l'expression galoper ne pouvait plus s'appliquer à M. Ximenestre) et finit par atterrir dans un passant qui grommela quelque chose sur «les sales bêtes». Comme un skieur nautique, M. Ximenestre pensa qu'il vaudrait peut-être mieux lâcher la ficelle et rentrer chez lui. Mais Médor, jappant, sautait sur lui avec entrain, son poil jaunâtre et sale plein de neige, et un instant M. Ximenestre pensa qu'on ne l'avait pas regardé ainsi depuis longtemps. Son cœur se fendit. Il plongea ses yeux bleus dans les yeux marron de Médor et ils eurent une seconde d'une douceur indicible.

Médor se secoua le premier. Il repartit et la course continua. M. Ximenestre pensait vaguement au basset anémique qui voisinait avec Médor, et qu'il n'avait même pas regardé, considérant qu'un chien doit être gros. A présent, il volait littéralement vers sa maison. Ils ne s'arrêtèrent qu'une minute dans un café où M. Ximenestre prit trois grogs et Médor trois sucres, ces derniers offerts par la patronne compatissante: «Et par ce temps, la pauvre bête qui n'a même pas un petit manteau!» M. Ximenestre, ahanant, ne répondit pas.

Le sucre eut un effet revigorant sur Médor mais ce fut un fantôme qui sonna chez les Ximenestre. Mme Ximenestre ouvrit, Médor s'engouffra et M. Ximenestre, sanglotant de fatigue, tomba dans les bras de sa femme.

«Mais, qu'est-ce que c'est?»

Ce cri jaillit de la poitrine de Mme Ximenestre.

«C'est Médor, dit M. Ximenestre et, dans un effort désespéré, il ajouta: Joyeux Noël, ma chérie!

– Joyeux Noël? Joyeux Noël? s'étrangla Mme Ximenestre. Mais que veux-tu dire?

– Nous sommes bien le 24 décembre? cria M. Ximenestre que la chaleur et la sécurité rendaient à lui-

une lueur *ici:* le fait que les yeux brillent momentanément
se débarrasser de qc se libérer de qc
prestement rapidement
étouffé,e *ici:* rendu moins fort
dégringoler *fam* tomber
la fourrière le lieu où on met les chiens abandonnés
lugubre très triste
effrayer qn faire peur à qn
se douter penser, supposer
baptiser qn [batize] donner un nom à qn

---

la frénésie un état de grande excitation
la vigueur la force
canin,e qui se rapporte au chien
le trot [tro] Trab
s'appliquer à être employé pour
atterrir dans *fam* rentrer dans, heurter
grommeler murmurer entre ses dents pour montrer son mécontentement
japper kläffen
l'entrain *m* l'enthousiasme, la vivacité
jaunâtre d'un jaune pâle
se fendre *ici:* se briser, se déchirer
plonger ses yeux dans les yeux de qn regarder intensément qn dans les yeux
indicible qu'on ne peut pas dire, inexprimable
un basset un chien aux pattes très courtes
anémique maigre, dans un état de grande faiblesse
compatissant,e qui a pitié
ahaner respirer avec difficulté, pendant ou après un effort
revigorant,e qui redonne de la force, de la vigueur

même. Eh bien, pour Noël, je t'offre, je vous offre, se reprit-il, car ses enfants sortaient de la cuisine les yeux écarquillés, je vous offre Médor. Voilà!»

Et il gagna sa chambre d'un pas décidé. Mais il s'effondra aussitôt sur son lit et prit sa pipe, une pipe de la guerre de 14–18 dont il avait coutume de dire «qu'elle en avait vu d'autres». Les mains tremblantes, il la bourra, l'alluma, mit ses jambes sous la courtepointe et attendit l'assaut.

Mme Ximenestre, blême, blême à faire peur, pensa M. Ximenestre *in petto*, entra presque aussitôt dans sa chambre. Le premier réflexe de M. Ximenestre fut un réflexe de tranchées: il essaya de s'enfouir complètement sous la courtepointe ... Il ne dépassa de lui qu'une de ses rares mèches de cheveux et la fumée de sa pipe. Mais cela suffit à l'ire de Mme Ximenestre:

«Peux-tu me dire ce que c'est que ce chien?

– C'est un genre de Bouvier des Flandres, je crois, dit faiblement la voix de M. Ximenestre.

– Un genre de Bouvier des Flandres? (La fureur de Mme Ximenestre monta d'un ton.) Et sais-tu ce qu'attend ton fils pour Noël? Et ta fille? Moi, je sais bien que je ne compte pas ... Mais eux? Et tu leur rapportes cette affreuse bête?»

Médor rentrait précisément. Il sauta sur le lit de M. Ximenestre, se coucha près de lui et posa sa tête sur la sienne. Des larmes de tendresse, heureusement cachées par la courtepointe, vinrent aux yeux de son ami.

«C'est trop fort, dit Mme Ximenestre, es-tu sûr seulement que cette bête n'est pas enragée?

– Auquel cas, vous seriez deux», dit froidement M. Ximenestre.

Cette réplique affreuse amena la disparition de Mme Ximenestre. Médor lécha son maître et s'endormit. A minuit, l'épouse et les enfants de M. Ximenestre partirent sans le prévenir pour la messe de minuit. Un léger malaise l'envahit et, à une heure moins le quart, il décida de sortir Médor cinq minutes. Il mit son gros cache-nez et à pas lents se

s'engouffrer entrer avec rapidité et violence
sangloter pleurer
jaillir sortir violemment, brusquement
s'étrangler perdre momentanément la respiration

---

les yeux écarquillés les yeux grands ouverts (à cause de la surprise)
gagner qc *ici:* aller dans qc
s'effondrer tomber lourdement
avoir coutume de faire qc *f* avoir l'habitude de faire qc
tremblant,e agité de mouvements rapides involontaires
bourrer une pipe mettre du tabac dans une pipe
une courtepointe Steppdecke
un assaut une attaque
blême très pâle
in petto *ital* au fond de soi-même, en secret
une tranchée Schützengraben
s'enfouir sous qc se mettre, se cacher sous qc
une mèche un groupe de cheveux
l'ire *f* la colère, la fureur
un genre de une sorte de
un Bouvier des Flandres un chien de berger
affreux,-euse très laid
précisément *ici:* juste à ce moment-là
enragé,e tollwütig
lécher passer sa langue sur
prévenir qn informer qn, mettre qn au courant de qc
le malaise ≠ le bien-être
qc envahit qn qc naît en qn, puis l'occupe progressivement
un cache-nez un foulard chaud et assez long

dirigea vers l'église, Médor reniflant toutes les portes cochères.

L'église était comble et M. Ximenestre essaya en vain d'en pousser la porte. Il attendit donc devant le porche, sous la neige, son foulard remonté sous les yeux tandis que les cantiques des bons chrétiens retentissaient à ses oreilles. Médor tirait si fort sur sa ficelle qu'il finit par s'asseoir et attacher la ficelle à son pied. Le froid, les émotions avaient peu à peu engourdi l'esprit déjà perturbé de M. Ximenestre, si bien qu'il ne savait plus très bien ce qu'il faisait là. Aussi fut-il surpris par le flot des fidèles affamés qui sortit précipitamment de l'église. Il n'avait pas eu le temps de se relever, de dénouer la ficelle, que déjà une voix jeune s'écriait:

«Oh! le joli chien! Oh! le pauvre homme! ... Attends, Jean-Claude.»

Et une pièce de cinq francs tomba sur les genoux de M. Ximenestre hébété. Il se releva en balbutiant et le nommé Jean-Claude, ému, lui donna une autre pièce en lui conseillant de passer un joyeux Noël.

«Mais, balbutia M. Ximenestre, mais voyons ...»

On sait à quel point la charité peut être une chose contagieuse. Tous les fidèles ou presque qui sortirent par l'aile droite de l'église donnèrent leur obole à M. Ximenestre et à Médor. Couvert de neige, hébété, M. Ximenestre essayait en vain de les en dissuader.

Etant sortis par l'aile gauche, Mme Ximenestre et ses enfants rentrèrent au foyer. M. Ximenestre survint peu après, s'excusa pour sa blague de l'après-midi, et remit à chacun la somme équivalente à son cadeau. Le réveillon fut très gai. Puis M. Ximenestre alla se coucher près de Médor gavé de dinde, et ils s'endormirent tous deux du sommeil des justes.

renifler respirer bruyamment par le nez
une porte cochère *dans un immeuble:* une grande porte par laquelle les voitures peuvent entrer dans la cour
comble plein
un porche la partie couverte, ici devant l'entrée d'une église
un cantique un chant religieux
retentir se faire entendre avec force
engourdir qc ralentir l'activité de qc
perturbé troublé
le flot *ici:* la foule, le grand nombre
affamé,e qui a très faim
précipitamment en toute hâte
dénouer qc ≠ attacher qc
balbutier parler de façon confuse, hésitante
ému,e touché, impressionné
la charité l'amour du prochain; ≠ l'égoïsme
contagieux,-euse qui se transmet facilement (p.ex.: une maladie)
les ailes *f* **d'une église** les parties situées de chaque côté du corps principal
une obole un don en argent, peu important
dissuader qn de faire qc amener qn à renoncer à faire qc
survenir arriver soudainement
une blague une farce, un tour
le réveillon *ici:* le repas de fête qu'on fait, en famille, après la messe de minuit
gavé,e de ayant mangé beaucoup de
une dinde Pute

Comprendre et analyser

page 26 – page 27, ligne 3

1. Faites le portrait de M. Ximenestre en tenant compte de ...
   a) son aspect physique;
   b) sa situation professionnelle;
   c) son caractère.
2. Décrivez sa situation financière et dites pourquoi il en est arrivé là.
3. Faites une liste de tout ce que vous trouvez, dans ce passage, sur le jeu des fléchettes.

page 27, ligne 4 – page 28, ligne 27

4. Découpez le texte en trois parties et donnez un titre à chacune d'elles.
5. Relisez, page 27, les lignes 10 à 31 et cherchez les indices qui montrent que M. Ximenestre n'est pas dans son état normal.
6. Indiquez, entre la page 26, ligne 31, et la page 27, ligne 21, les passages décrivant l'ambiance caractéristique des journées qui précèdent Noël.
7. Dites en quoi le chemin du retour est, pour M. Ximenestre, plutôt difficile.
8. Pourquoi, à votre avis, M. Ximenestre s'arrête-t-il dans un café? Donnez plusieurs raisons possibles.

page 28, ligne 28 – page 29, ligne 36

9. Rentré à la maison, M. Ximenestre veut donner l'impression, à sa femme et à ses enfants, qu'il est très sûr de lui.
   a) Comment s'y prend-il?
   b) Qu'est-ce qui indique que ce n'est qu'une façade?
10. Quelles sont les réactions de sa famille?
11. Mme Ximenestre quitte, très brusquement, la chambre de son mari. Dites en quoi sa réaction est compréhensible.

page 29, ligne 36 – page 30

12. Quel passage du texte indique que Mme Ximenestre et ses enfants sont très en colère contre M. Ximenestre?
13. Comment se fait-il que M. Ximenestre soit obligé de rester devant la porte de l'église et, surtout, dans cette position?
14. Pourquoi M. Ximenestre rentre-t-il à la maison, les poches pleines d'argent?

15. Comment se fait-il que sa femme et ses enfants n'aient pas remarqué ce qui lui est arrivé devant l'église?
16. Quel rôle Médor joue-t-il dans la vie de M. Ximenestre? (cf. p. 28, l. 14–16, p. 29, l. 25–31; p. 30, l. 32–34).
17. Cherchez, dans un dictionnaire unilingue, des locutions du type «substantif + de chien». Expliquez ensuite le jeu de mots contenu dans le titre de la nouvelle.
18. Est-ce que «Une nuit de chien» est une histoire qui finit bien ou, au contraire une histoire qui finit mal? Justifiez votre réponse.
19. Cherchez des informations complémentaires sur le réveillon, par exemple dans une encyclopédie, ou encore dans un manuel de civilisation française.

Un an, déjà

Elle avait posé son manteau sur le canapé et, bien qu'elle sût être une des dernières, elle se donna un coup de peigne, lentement, devant la glace de l'entrée. Elle entendit un brouhaha dans le salon et elle distinguait déjà le rire hennissant de Judith mais elle ne distinguait pas les autres voix.

C'était la première fois qu'elle le revoyait depuis un an et elle ne s'y attendait plus malgré la probabilité de la chose; il avait fallu que Judith, après son invitation, répétât deux fois la même petite phrase: «Tu sais, chérie, j'ai invité Richard et sa nouvelle femme, ça ne t'ennuie pas? Ce serait ridicule à présent, etc., etc.» Elle avait répondu: «Mais bien sûr, voyons, je serai ravie, tu sais que nous nous sommes quittés bons amis, ça ne m'ennuie pas du tout, au contraire.» Seulement Judith ne savait pas à quel point ce «au contraire» n'était que le faible reflet de la vérité. Si elle avait pu continuer sa phrase, elle aurait dit: «... au contraire, je ne vis plus depuis que nous ne vivons plus ensemble. Au contraire, mon seul espoir de revivre un jour repose sur lui, sur la possibilité tout à fait impossible qu'il m'aime à nouveau». Mais, même à Judith, sa meilleure amie après tout, il n'était pas question de tenir ce langage. La séparation avait été rude pour elle, c'était un fait entendu, et chacun avait fort bien admis qu'elle en souffrît cruellement. Mais un an de désespoir représentait la limite admissible pour souffrir d'une séparation; il était désormais entendu qu'elle était guérie de Richard, ou alors – et cet accord tacite-là n'était pas formulé – il était convenu qu'elle devait faire semblant. Déjà, inviter une femme seule à Paris, pour une maîtresse de maison, ce n'était pas si facile, ni si commode; si de surcroît la femme seule se laissait aller à la mélancolie, cela devenait franchement impossible. Au bout

un brouhaha [bruaa] un bruit confus de voix
hennissant,e [enisɑ̃,ɑ̃t] qui rappelle le cri du cheval
ravi,e très content
il n'est pas question de il est impossible de
rude dur
entendu,e accepté, décidé
admettre *ici:* comprendre, reconnaître, accepter
cruellement *ici:* terriblement
tacite non exprimé, mais sous-entendu
il est convenu que il est entendu que
faire semblant faire comme si
commode ≠ difficile, gênant
de surcroît en plus, en outre

de trois mois, Justine avait compris qu'il lui fallait rire si elle ne voulait pas être oubliée, et que du rôle d'épouse heureuse elle devait passer au rôle de divorcée gaie. Sur sa seule tête s'étaient réunies, semblait-il, les charges d'un couple: elle devait avoir à la fois l'indépendance et l'entrain, voire le côté désinvolte du mâle, et la douceur, la gentillesse, le côté confident de la femelle. Et c'était ce à quoi, jour après jour, et pour surnager dans cet océan de solitude où l'avait laissée Richard, elle s'était, elle, Justine, jadis femme heureuse, amoureuse, comblée, peu à peu astreinte.

Il lui avait semblé réussir; petit à petit, de cette chose ronde, naturellement ronde et lisse dont le bonheur de vivre lui avait donné la forme, elle avait su extraire une silhouette plus aiguë, plus brillante, une femme armée, quoi, une femme «libre», comme ils disaient. Mais elle était peut-être la seule à savoir et à admettre, à force d'insomnies et d'oreillers mordillés dans le noir, que cette liberté-là s'appelait désespoir. Néanmoins, cette fière, moderne jeune femme, bâtie de bric et de broc à l'aide de quelques lectures, quelques exemples et quelques souvenirs, elle l'avait trimballée partout devant elle, pendant près d'un an à présent, sans que personne ne songeât apparemment à l'écarter de devant son visage, sans que personne ne songeât à lui dire: «Et toi, Justine, comment vas-tu?» Sa famille, ses amis, sa concierge, son chef de bureau, tous semblaient reconnaître, avec une déférence nouvelle d'ailleurs, cette Justine élégante et débrouillarde; et certains hommes semblaient aussi trouver du charme à cette image caricaturale de l'indépendance – tout au moins était-ce l'effet que, par moments, se faisait Justine à elle-même. Seulement, ce soir, il ne s'agissait plus d'obtenir l'adhésion d'une société tout entière désireuse de la lui donner, il s'agissait de confronter ce masque avec celui qui en avait provoqué la création, celui qui l'avait obligée à le porter (pour le renier, tel un Pygmalion à rebours), celui qui enfin savait – et ne pourrait pas se leurrer là-dessus – qu'il y avait un visage

l'entrain *m* la vivacité, la bonne humeur
voire et même
désinvolte qui est d'une légèreté excessive, a des manières trop libres
le mâle *ici: iron* l'homme
la femelle *ici: iron* la femme
jadis [ʒadis] autrefois, dans le passé
comblé,e pleinement satisfait
s'astreindre à qc s'obliger, se forcer à qc
lisse dont la surface est égale, unie
extraire qc de tirer, faire sortir qc de
l'insomnie *f* le fait de ne pas pouvoir dormir
un oreiller le coussin sur lequel on pose la tête pour dormir
mordiller qc mordre qc légèrement et plusieurs fois
bâti,e de bric et de broc [...dəbrikedəbrɔk] fait de morceaux trouvés un peu partout et choisis au hasard
trimballer *fam* mener, porter avec soi
songer à faire qc penser à faire qc
la déférence le respect, l'estime
débrouillard,e *fam* qui se sort de toutes les situations, même les plus difficiles
l'adhésion *f* [ladezjõ] l'accord, le fait de dire oui à qc
renier qn jdn. verleugnen
Pygmalion [pigmaljõ] *mythologie grecque:* tombé amoureux d'une statue sculptée par lui, il obtint d'Aphrodite qu'elle lui donnât la vie, puis il l'épousa.

cru, à vif, désespérément familier quelque part sous ce masque; quelqu'un que son autonomie ferait rire et sa gaieté à peine sourire: Richard; Richard qui l'avait quittée dans ce même appartement un an plus tôt et à ce même endroit.

Elle se peignait très lentement à présent. Il y a un an, la femme dans la glace avait les cheveux moins blonds et une robe bleu pervenche, un peu niaise lui semblait-il, au lieu de ce ravissant tailleur coq de roche qu'elle voyait en ce moment. Cette autre femme était plus pâle, bien que son visage fût plus rempli, et ses yeux, au lieu d'être étincelants et sombres, soigneusement maquillés comme ce soir, ses yeux étaient éteints et pleins de larmes. Et l'autre femme surtout ne se peignait pas tranquillement, silencieusement devant une glace: ce soir-là elle distinguait à peine son propre reflet troublé par les larmes, tout entière suspendue qu'elle était à la voix froide à côté d'elle, une voix qui disait: «Il faut que tu comprennes vraiment que, cette fois-ci, c'est définitif. Et si je te quitte là, avec un parfait mauvais goût, devant tout le monde, c'est pour que les autres m'aident à te persuader que c'est bien fini.» Et il était vrai que Richard, qui n'était pas mesquin pourtant, avait été obligé de lui infliger cet affront public, de partir dès la fin du dîner rejoindre ouvertement sa belle maîtresse Pascale. Il avait fallu qu'elle se retrouvât en larmes, entourée de pitié et d'indignation, bref il avait fallu que les autres, le monde, sanctionnassent cet abandon pour qu'elle-même se résignât à y croire.

Elle sortit son poudrier et se repoudra le nez sans grand enthousiasme. Son maquillage était au point, elle l'avait assez travaillé avant de sortir. Elle s'était maquillée pour Richard: elle avait allongé la forme de ses yeux, appuyé la courbe de sa bouche, accusé d'ombre ses joues exactement comme Richard aimait qu'elle le fît, un siècle plus tôt. Elle pouvait prétendre, depuis bien sûr, s'être maquillée pour

à rebours dans le sens contraire au sens normal
se leurrer *ici:* se laisser tromper

---

cru,e *ici:* nu, sans masque
à vif *ici:* mis à nu
bleu pervenche bleu clair (une pervenche: Immergrün)
niais,e [njɛ,njɛz] un peu bête, un peu idiot
ravissant,e très joli
coq de roche d'une couleur se situant entre le rouge et l'orange (un coq de roche: Felsenhahn)
rempli,e *ici:* rond; ≠ maigre
étincelant,e très brillant

persuader qn amener qn, par des arguments, à penser qc
mesquin,e kleinlich
infliger qc à qn faire supporter à qn qc de désagréable
l'indignation *f* sentiment de colère contre une action non conforme à la morale, à la justice

au point fait avec précision, avec soin

appuyer qc *ici:* accentuer qc, souligner qc
accuser qc *ici:* accentuer qc, marquer qc

Éric, pour Laurent et même pour Bernard, mais pas une seconde, dans aucun de ces trois visages, elle n'avait cherché à retrouver son reflet. Ce n'étaient pas des miroirs, c'étaient des vitrines ternes qu'ils lui avaient présentées, et ce soir elle allait enfin, pour la première fois depuis des jours et des nuits également insipides, elle allait se voir dans l'œil de quelqu'un d'autre.

Elle entra et, bien sûr, elle ne vit pas Richard tout de suite. Judith avait une voix gaie, animée, peut-être plus animée que d'habitude, et Justine se retrouva très vite en face de l'étrangère, «l'Autre», qui lui parut aussi terrible que par le passé. Elle avait toujours ce profil court, ce port de tête, cette voix insolente, et, à côté d'elle, souriant, d'un sourire un peu attendri – un sourire qui rappela tout à coup à Justine les sourires d'un vieil oncle trop affectueux –, il y avait Richard, le double de Richard, un homme grand, brun, élégant, un homme avec la même voix, les mêmes sourcils, la même main ferme que Richard. Justine lui sourit précipitamment et passa à un autre couple. Elle avait dû s'attarder plus qu'elle ne le pensait dans le vestiaire, car déjà Judith battait des mains, ameutait son petit monde, et l'on passa à table.

Ils étaient treize, quatorze avec elle, six couples plus ou moins unis, le si charmant cousin de Judith et elle-même donnant le triste exemple du célibat. Elle était assise du même côté que Richard, aussi ne voyait-elle pas son visage, ni son regard. Mais en face il y avait sa femme, la belle Pascale, qui tenait la table en haleine. Il n'avait pas perdu au change, vraiment. Pascale menait la conversation avec humour, amusement et férocité, une mèche de ses cheveux noirs battait son front, ses yeux brillaient, sa voix devenait rauque à force de rire. «Elle était le charme même», pensa Justine avec une sorte d'apathie. Son voisin lui faisait des compliments un peu plats qu'elle relevait à peine, elle se sentait étrangement déçue. Cette soirée qu'elle avait attendue toute la

terne sans éclat; ≠ brillant

insipide fade, qui manque d'intérêt

le port de tête la façon de tenir la tête
attendri,e qui indique qu'on est touché, qu'on éprouve de l'émotion
affectueux,-euse → l'affection *f:* l'amour qu'on a pour ses parents, ses amis
le sourcil [sursi] Augenbraue
précipitamment *ici:* très vite, avec brusquerie
s'attarder rester (trop longtemps)
le vestiaire l'endroit où l'on dépose les manteaux, les parapluies, etc.
ameuter rassembler, réunir
le célibat l'état d'une personne qui n'est pas mariée
tenir en haleine *f* parler de manière telle que les autres écoutent avec un très grand intérêt
ne pas perdre au change être avantagé par un changement, un échange
la férocité le fait d'être agressif, méchant
une mèche un groupe de cheveux
rauque *pour la voix:* rude, grave, comme voilée
relever qc *ici:* répondre à qc

semaine comme un événement, cette soirée où il devait forcément se passer quelque chose et qui lui paraissait périlleuse, triomphante et aiguë, au-dessus des jours plats de la semaine, cette soirée était et resterait banale. Elle échangerait trois mots avec Richard, en souriant, et discrètement les autres approuveraient l'aménité de leur dialogue, puis elle rentrerait chez elle, lui chez lui, et Judith pourrait dire le lendemain à ses amis: «Tu sais, j'ai fait dîner ensemble Richard et Justine; ça s'est très bien passé. Deux étrangers ... C'est drôle, quand même.» Et peut-être même Judith échangerait-elle avec son interlocutrice quelques réflexions désabusées sur la fragilité de l'amour. Et tout à coup Justine avait envie que ce dîner s'achevât très vite, qu'il n'y eût pas de café, pas de cognac, pas un mot de cette conversation reconnaissante qu'après on tient généralement quelque temps dans le salon qui vient de vous nourrir. A bien y penser, cette comédie était odieuse car, malgré le convenu et le placide de tout cela, il n'empêchait que le seul homme qu'elle eût aimé, qu'elle aimât et qu'elle aimerait jamais, l'homme dont l'absence la mettait au désespoir depuis des mois, celui qui transformait sa vie en une suite de péripéties absurdes, il n'empêchait que cet homme était là, à quelques mètres d'elle, toujours invisible, aussi bien caché ce soir par trois visages qu'il l'était le reste de l'année par des kilomètres. Toute cette comédie n'empêchait pas qu'elle rentrerait chez elle le soir même, solitaire, malheureuse, battue, comme elle y était rentrée précisément un an plus tôt. Et qu'elle ne pleurât pas ce soir-là n'y changeait rien.

Après dîner, elle alla solliciter de Judith la permission de partir très tôt, «la fatigue, un rendez-vous urgent le lendemain matin». Judith l'écoutait d'un air distrait; des couples s'étaient égaillés dans le salon, dans le petit bureau à côté, et elle les surveillait du coin de l'œil en bonne maîtresse de maison. Néanmoins, se rappelant quelque chose, elle tapota

périlleux,-euse dangereux

l'aménité *f* l'amabilité

désabusé,e qui indique qu'on a perdu ses illusions

s'achever se terminer

odieux,-euse très désagréable, détestable

convenu,e *ici:* qui est trop conforme aux conventions sociales

placide *ici:* trop calme, presque indifférent

une péripétie [peripesi] un événement imprévu qui change tout à coup une situation

solliciter qc de qn demander qc à qn

distrait,e *pour une personne:* qui pense à autre chose, ne fait pas attention

s'égailler [segɛje] ≠ se regrouper, se réunir

tapoter qc donner, de la main, des coups très légers sur qc

l'épaule de Justine affectueusement pendant dix secondes, avant que ce souvenir ne se précisât.

– Alors, dit-elle enfin gaiement, tu as revu Richard. Depuis combien de temps? ... Un an, déjà. Comment le trouves-tu? Un peu fatigué, non?

– Un peu, dit Justine du bout des dents.

Mais elle n'en pensait pas un mot; Richard était toujours aussi beau, aussi séduisant; il était toujours le superbe et l'infidèle Richard, celui auquel la liait un amour racinien dans une atmosphère à la Feydeau. Elle avait revu Richard, oui, et une fois de plus constaté sa défaite. C'était tout ce qu'elle aurait pu dire à Judith – si Judith s'en était souciée ce soir-là. Mais Judith, tout entière à son rôle de maîtresse de maison, ne voyait en elle qu'un rouage de sa soirée, et comme elle ne s'en sentait pas justement l'indispensable rouage, Justine quitta le salon à l'anglaise. Elle s'arrêta un instant dans le couloir avant le vestiaire pour remettre la lanière de son escarpin et, quand elle se redressa, elle avait déjà entendu la première phrase. La première phrase que disait la voix rauque et gaie de tout à l'heure, la voix triomphante du dîner, la voix de «l'Autre»:

– J'aimerais que tu comprennes à quel point c'est fini, et vraiment fini, disait cette voix. Ne m'oblige pas à te laisser en plan au milieu de tes amis. Est-ce qu'il faudra que je le leur annonce à tous pour que tu me croies? Je ne t'aime plus, Richard. C'est réellement fini.

Il y eut une voix d'homme, haletante, suppliante, métamorphosée, une voix qui n'avait rien à voir avec la belle voix de Richard. Il y eut des mots qu'elle ne comprit pas, peut-être même un coup, un cri, des chuchotements malheureux. Elle ne bougea pas quand le couple rentra dans le salon par l'autre porte. Justine se secoua, vola jusqu'au canapé, y prit son manteau et, le tenant à bout de bras, s'enfuit dans l'escalier.

Ce n'est que dehors, dans l'air frais du boulevard Saint-Germain, qu'elle pensa à le mettre. Elle enfila

du bout des dents de façon peu convaincue
séduisant,e qui attire par sa beauté, son charme
superbe *ici:* fier, orgueilleux
racinien,-ienne → Jean Racine (1639–1699): auteur dramatique, peintre de l'amour comme passion douloureuse
Georges Feydeau (1862–1921): auteur de comédies légères, peu profondes (théâtre de boulevard)
une défaite ≠ une victoire
se soucier de qc s'intéresser à qc
un rouage *au sens propre:* chacune des pièces d'un mécanisme
(filer) à l'anglaise *fam* partir sans dire au revoir
une lanière une longue et étroite bande de cuir ou d'étoffe
un escarpin une chaussure très fine qui laisse découverte la partie supérieure du pied
laisser qn en plan *fam* quitter qn, abandonner qn
haletant,e → haleter: respirer très vite
suppliant,e qui demande qc avec insistance et humilité
métamorphosé,e complètement changé
un chuchotement le fait de parler à voix basse

une manche après l'autre soigneusement et le boutonna de haut en bas avec application. La station de taxis était au coin de la rue de Grenelle et elle partit dans cette direction d'un pas vif. Il y avait du vent sur le boulevard, un vent de printemps, et, à sa grande horreur, et en se haïssant pour cela, Justine se sentait tout à coup parfaitement en forme.

l'application *f* le soin, l'attention

Comprendre et analyser

page 33 – page 35, ligne 5

1. Décrivez, en deux ou trois phrases, le lieu où se déroule cette nouvelle.
2. Qu'est-ce que le lecteur apprend sur la vie de Justine? En quoi cette soirée est-elle, pour elle, un événement extraordinaire?
3. Expliquez pourquoi on peut dire que Justine est un personnage complexe.
4. Pourquoi a-t-elle peur de revoir son ancien mari?
5. Décrivez l'attitude qu'adopte, à son égard, la société dans laquelle elle vit (cf. p. 33, l. 22 – p. 34, l. 4; p. 34, l. 20–36).

page 35, ligne 6 – page 37, ligne 32

6. Dites, en évitant d'employer les mots du texte, dans quelles circonstances Richard a quitté Justine et pourquoi il a choisi cette méthode.
7. Pourquoi, selon vous, Judith a-t-elle «une voix gaie, animée, peut-être plus animée que d'habitude» (p. 36, l. 10–11)?
8. a) Quels sentiments Justine avait-elle éprouvés dans l'attente de cette soirée?
   b) Pourquoi décide-t-elle de s'en aller avant la fin?
9. Justine se voit, dans le miroir, telle qu'elle était un an avant. Comparez cette Justine-là à celle d'aujourd'hui.
10. Cherchez, dans le texte, les indices qui montrent qu'il y a eu, depuis la séparation, d'autres hommes dans la vie de Justine. Que pense-t-elle d'eux?

page 37, ligne 33 – page 39

11. Relevez, dans le texte, toutes les informations que l'auteur donne sur Richard (son physique, son caractère).
12. Analysez le comportement de Judith, et dites en quoi il est caractéristique de la société dans laquelle vivent les personnages de la nouvelle (cf. question n° 5).
13. A quoi pouvait-on deviner, avant la scène du vestibule, que tout n'allait pas pour le mieux entre Richard et Pascale?
14. Dites en quoi l'état d'âme de Justine a changé lorsqu'elle se retrouve dans la rue.

Vocabulaire de l'explication de texte

Erzählform – Le genre narratif

Kurzformen – Les formes brèves du genre narratif

Kurzgeschichte, Erzählung	**un récit:** un récit fantastique, absurde, humoristique, réaliste, historique, d'aventures, policier, de science-fiction, etc.
Kurzgeschichte, Novelle	**une nouvelle** = un récit relativement court, comportant en général peu de personnages.
Erzählung, Märchen	**un conte** = un récit fictif, parfois à caractère fantastique.
Märchen	**un conte de fées** = un récit fantastique.
Fabel	**une fable** = un petit récit en vers ou en prose, qui introduit ou illustre une morale.

Text, Thema, Titel – Texte, thème, titre

Text	**le texte:** le texte est peu compréhensible, facile à comprendre, intéressant, passionnant, convaincant, présente quelques aspects intéressants, (ne) comporte (pas) trop d'invraisemblances, de lieux communs, présente de nombreuses difficultés, est (toujours) d'une certaine, grande actualité.
Inhalt	**le contenu, le fond**
Form	**la forme:** le texte se présente sous la forme d'un monologue, sous forme de dialogues, etc.
Thema	**le thème/le sujet:** l'idée principale, centrale, générale du texte; le texte a pour thème/sujet …, il traite (de), parle de, évoque/aborde le problème de …; il s'agit d'un texte sur/concernant …
Titel	**le titre:** le texte a pour titre, s'intitule, est intitulé …; le titre évoque qc, attire l'attention sur qc; il éveille/pique la curiosité du lecteur, est bien, mal choisi.

Die Handlung und ihr Rahmen – L'action et son cadre

Handlung	**l'action** *f:* l'action se passe, se déroule, a lieu, se précipite; elle est compliquée, confuse, (in-)vraisemblable, émouvante, captivante *(fesselnd)*, spectaculaire, etc.
Handlungsablauf, Fabel	**l'intrigue** *f:* l'intrigue se (dé-)noue, est centrée autour de …
Handlungsperspektive	**la perspective:** l'action est présentée à distance, sans distance, de l'extérieur, de l'intérieur par le narrateur *(Erzähler; ↓)*.
Handlungsort, Rahmen	**le cadre/le décor:** tel environnement constitue le cadre, le décor du récit/sert de cadre au récit; décrire, brosser, dépeindre un décor; fixer le cadre du récit.
Atmosphäre	**l'atmosphère** *f:* l'atmosphère est tendue/détendue, fantastique; créer une atmosphère de …; baigner dans une atmosphère de mystère, de grisaille *(f; grau in grau)*.
Situation	**une situation:** une situation quotidienne, inattendue, embrouillée *(verwickelt)*, fantastique, absurde; un retournement de situation = un coup de théâtre *(Knalleffekt ↓)*.

Ereignis — **un événement:** un événement imprévu, malencontreux *(unglücklich)*, grave; un événement survient, arrive, se déroule, a lieu; relater, raconter, rapporter, narrer des événements.

Konflikt — **un conflit:** un conflit prend naissance, s'amorce *(entsteht)*, s'aggrave, se résout; être, entrer en conflit avec qn.

Knalleffekt — **un coup de théâtre** = un brusque changement de situation.

Beweggrund — **un mobile** = la cause d'une action.

Grund — **un motif** = la raison d'un acte, d'un comportement.

Personen – Les personnages

Person — **un personnage:** un personnage très typé, hors du commun, tragique, comique, énigmatique *(rätselhaft)*, diabolique, etc.; le personnage est présenté de façon *explicite* (son physique et son caractère sont décrits par le narrateur – *Erzähler* (↓) – ou dépeints par un autre personnage), ou *implicite* (c'est au lecteur de se faire une idée du personnage à partir de ses actes et de son environnement).

Protagonist — **un/une protagoniste**

Hauptperson — **le personnage principal**

Held — **le héros/l'héroïne** = le personnage principal, souvent présenté de manière positive.

Personenbeschreibung — **un portrait:** tracer, brosser, faire le portrait physique/moral d'un personnage.

das Äußere — **le physique:** être, avoir l'air, sembler, paraître solide, robuste, chétif *(schwächlich)*, maladif, etc.

Charakter — **le caractère:** avoir bon/mauvais caractère, un caractère froid, flegmatique, exubérant *(überschwenglich)*, passionné, complexe, etc.

Charakterzug — **un trait de caractère**

Verhalten — **le comportement** = la façon d'agir.

Autor, Erzähler, Erzählhaltung – L'auteur, le narrateur, l'attitude narrative

Autor — **l'auteur** *m* = celui qui écrit le récit; l'auteur écrit à la 1ère personne *(Ich-Erzähler)*, à la 3e; il présente un rapport objectif sur/concernant qc, il montre, démontre, prouve, apporte la preuve que ...; il dénonce, démasque, cherche à démystifier; il présente sa vision du monde, la société; il crée, évoque, dépeint un monde/un univers réaliste, imaginaire, idéalisé, angoissant, tragique.

Erzähler — **le narrateur** = celui qui raconte l'histoire.

Erzählhaltungen — **les attitudes narratives** *f:* il y en a deux, qui correspondent à deux types de récits.

1. Erzählhaltung — 1ère attitude narrative: lorsque l'histoire est racontée par un narrateur absent du récit, il a un rôle d'observateur, de spectateur, de témoin. Il est alors ...

beobachtender/ auktorialer Beobachter	**le narrateur-témoin:** il raconte l'histoire à la 1ère personne; il n'évoque des personnages que ce que l'on peut enregistrer de l'extérieur; seuls les personnages peuvent exprimer leurs propres pensées et sentiments.
allwissender Erzähler	**le narrateur omniscient:** il raconte l'histoire à la 3e personne; il sait tout sur les pensées et les sentiments des personnages, et les communique tous, ou en partie seulement, au lecteur; il arrive, cependant, qu'il se contente d'adopter le point de vue d'un ou de quelques personnages.
2. Erzählhaltung	2e attitude narrative: le narrateur raconte l'histoire à la première personne, mais il n'est plus absent du récit: il en est le héros ou l'un des personnages. Il est alors ...
personaler Erzähler	**le narrateur-protagoniste**

Struktur, Aufbau – La structure

Gliederung	**la composition:** le texte se compose de, est composé de, comprend, peut être divisé en plusieurs parties.
Einleitung, Exposition	**l'exposition** *f* = l'introduction *f*.
Entwicklung	**le développement:** le développement de l'action (↑), de l'intrigue (↑).
Überleitung	**la transition:** la transition est brusque, imperceptible *(unmerklich)*; passer sans transition d'une idée à une autre.
dramatische Spannung	**la tension dramatique:** la tension monte, augmente, croît, diminue.
Steigerung	**l'intensification** *f:* l'intensification de la tension dramatique.
Höhepunkt	**le point culminant:** le point culminant est atteint lorsque la tension dramatique est la plus forte.
Krise	**la crise** = le point culminant du conflit (↑), après lequel l'intrigue (↑) se dénoue.
Lösung, Schluß	**le dénouement:** un dénouement prévisible, bien amené, brusque, inattendu.

Sprache und Stil – La langue et le style

Sprache	**la langue**
Wortwahl	**le choix des mots/termes**
Schlüsselwort	**le mot clé**
Grundbedeutung	**le sens propre:** ce terme est employé au sens propre.
übertragene Bedeutung	**le sens figuré:** ce terme est employé au sens figuré.
Begriff	**un terme**
Spezialbegriff, Fachausdruck	**un terme technique**

bildlicher Ausdruck	**une expression imagée**
umgangssprachlich	**familier,-ière:** en français familier.
„Slang“, Argot	**l'argot** *m:* en argot
Argotausdruck	**une expression argotique**
veraltet	**vieilli,e**
gewählt	**soigné,e/recherché,e**
Stil	**le style:** le style est élégant, brillant, soigné, recherché, poétique; les figures *f* de style *(Stilfiguren; ↓).*

Stilfiguren – Les figures de style

Antiphrase	**une antiphrase** = un procédé ironique par lequel on dit le contraire de ce qu'on pense *(Dracula, ce jeune homme charmant).*
Anapher	**une anaphore** = la répétition d'un ou de plusieurs mots en début de phrase *(«Sur ton visage heureux, sur cette ville heureuse, ...»;* Prévert*).*
Aufzählung	**une énumération** = la coordination ou la juxtaposition de plusieurs termes appartenant souvent au même champ lexical.
Bild	**une image** = la présentation d'une idée sous forme d'image (expression de l'abstrait par le concret).
Vergleich	**une comparaison** = la liaison de plusieurs mots à l'aide d'un terme de comparaison: p. ex. *comme (belle comme le jour).*
Ellipse	**une ellipse** = une phrase ou une expression à laquelle il manque un ou plusieurs mots *(Ensuite?* pour *Qu'est-ce qui s'est passé ensuite?).*
Euphemismus	**un euphémisme** = le fait de remplacer une expression dure ou choquante par une autre qui l'est moins *(prodiguer ses faveurs à qn* pour *avoir des rapports sexuels avec qn).*
Personifikation	**une personnification** = le fait de présenter une notion abstraite ou une chose sous les traits d'une personne *(C'est un Adonis.* pour *Il est beau.).*
Pleonasmus	**un pléonasme** = le renforcement d'un mot ou d'une expression par un mot ou une expression de même sens *(une si noire obscurité).*
Umschreibung, Periphrase	**une périphrase** = le fait d'évoquer une chose ou une personne sans les nommer expressément *(la ville-lumière* pour *Paris).*
Übertreibung, Hyperbel	**une hyperbole** = une expression volontairement exagérée *(Je t'aime à la folie.).*
Untertreibung, Litotes	**une litote** = une expression qui dit peu pour faire entendre plus *(Ce n'est pas mal.* pour *C'est très bien.).*
Wortspiel	**un jeu de mots** = une plaisanterie qui repose sur la confusion de deux significations d'un même mot ou sur la confusion de deux termes qui présentent une ressemblance phonétique *(«Les miroirs feraient bien de réfléchir avant de renvoyer les images.»;* Cocteau*).*